寝《しん》所《じょ》の刃《じん》光《こう》

身代わり若殿　葉月定光3

佐々木裕一

角川文庫
21520

目次

序章

天守閣の南側から広島の町を眺めていた藩主・浅野安芸守綱長《あさのあきのかみつななが》は、信頼を寄せる家臣・村上信虎《むらかみのぶとら》から、平穏な瀬戸内《せとうち》の様子を聞き、満足そうに笑った。

「今日も海がよう見える。瀬戸内の海を守ってくれるそちのおかげじゃと、申しておった三次《みよし》の山田《やまだ》（藩家老）が、牡蠣《かき》船が無事大坂《おおざか》に着いたと知らせてまいったぞ」

「若君（虎丸《とらまる》）が江戸《えど》に行かれたので、今年はどうなるかと案じておりましたが、代わりの者が、なんとかやってくれています」

「うむ。聞いておる。虎丸の幼馴染《おさななじみ》であった佐治《さじ》と申す者が、奮闘しておるそうじゃの」

「それもございますが、佐治が申しますには、恐れていた賊が姿を見せなかったとのこと」

綱長は振り向いた。

「百島《ももしま》の鯉姫《こいひめ》、であったな」

信虎が驚いた。

「ご存じでしたか」

「虎丸の天敵だと聞いておるが」

「はい。しかし謎が多い者で、若君も正体を知りませぬ。誰も顔を知りませぬので、町で刺されるかもしれぬと、若君はそうおっしゃり、笑っておられました」

「その鯉が海に出てこぬとなると、福山藩《ふくやま》がようやく捕らえたか」

「そう思い、念のため問い合わせましたところ、捕らえておらぬそうです。近頃藩領の海が静か過ぎて不気味だと、文に書かれておりました」

「虎丸は昨年の春、大坂から戻る牡蠣船を襲った賊を捕らえたゆえ、今はおらぬことを知らず、恐れて出てこないのではないのか」

「鯉姫一味は、虎丸も手を焼いていた相手。恐れて出ぬ、などということはありえませぬ。船乗りのあいだでは、病で死んだ説と、瀬戸内を出たという説がございますが、どちらが正しいかは分かりませぬ」

「ともあれ、平穏ならばそれでよい。これに油断せず、引き続き海の守りを頼むぞ」

「はは」

頭を下げ、段梯子《だんばしご》に向かおうとした時、上がってくる者がいた。

渋い顔の筆頭家老・浅野右近《うこん》と、同じく家老の上田主水《うえだもんど》が、珍しく焦った様子で綱長の前に歩み寄った。

右近が頭を下げ、開口一番に告げる。

「殿、先ほど江戸から戻った者が、気になることを申しました」

「何かあったのか」

「若君が、川賊改役《かわぞくあらためやく》控えを拝命されたそうにございます」

「何っ！」

目を見張った綱長が、信虎を見た。

「信虎、知っておったのか」

「いえ、それがしも今聞き、驚いているところです」

綱長が顎を引き、右近に訊《き》く。

「どういう経緯《いきさつ》で、そのようなことになったのだ」

「登城を果たされた若君は、葉月定光《はづきさだみつ》として公儀に認知された。ここまではよろしかったのですが、葉月家先代諸大夫《しょだいぶ》定義《さだよし》殿をご信頼されていた上様が、若君を定光殿と信じて小姓《こしょう》としておそばに置かれようとされたところ、柳沢吉保《やなぎさわよしやす》様が口出しされ、定光にその資格があるか否かを確かめる、などと申され、川賊改役控えを命じられたそうにございます」

綱長は顔をしかめた。

「よもや柳沢に、虎丸が定光殿の身代わりであることを見抜かれてはおるまいな」

「それはございませぬ」

言った主水に、綱長が厳しい眼差《まなざ》しを向ける。

「なぜ、そう言い切れる」

「柳沢様が気付いておれば、当家もただではすみませぬ。赤穂《あこう》の御分家（浅野）が改易にされた時に成しえなかった当家の領地召し上げを、これをよい折とほくそ笑み、直ちに潰《つぶ》しにかかるはず」

「主水、そのことは申すな」

「これは、口が過ぎました。されど、柳沢様は若君が身代わりと気付いておらぬからこそ、葉月家に難しい役目を押し付けたのではないかと。江戸で横行している川賊を捕らえられぬことを理由に、葉月家を潰そうとたくらんでのことかもしれませぬ」

主水の推測に、綱長はうなずいた。

「広島の領地を狙っていた柳沢から守ってくれたのは諸大夫殿だ。柳沢は、赤穂事件のことで諸大夫殿に弱みをにぎられていたはず。それゆえ、登城を果たした虎丸が身代わりとは知らず、葉月家を潰しにかかったか」

顎《あご》を引いた主水。その横にいる右近が、厳しい顔で言う。

「もう一つ、お耳に入れなくてはならぬことがございます」

綱長は、右近の目を見た。

「まだ何かあるのか」

「役目を命じられた若君が柳沢様の屋敷から帰る途上で、何者かに襲われました」

綱長は驚かず、目を細めた。

「柳沢め、やましいところがあると、己で示しおったな。虎丸は、刺客を捕らえたか」

「いえ、逃げられたようです」

「虎丸らしくもないことよ。次は逃すなと言うてやりたいが、文を送れぬので口惜しいことよ。どうしておろうな、虎丸は」

右近が眼差しを下げた。

「それが、今はふたたび、家老の竹内《たけうち》殿により、屋敷の寝所に閉じ込められているそうです」

綱長は顎を引く。

「それがよい。して、襲われたことを、公儀は知っているのか」

「いえ。幸い届いておらぬそうです」

綱長はひとつ息を吐いた。

「暇を持て余す虎丸の顔が目に浮かぶ。信虎」

「はは」

「浅野家にとって大恩ある葉月家のために励めと、余の密書を送れぬか」

言い方はそっけないが、綱長の父親としての愛情を感じた信虎は、唇に笑みを浮かべた。

「おまかせください」

綱長は顎を引き、眼差しを外に向けた。

第一話　酔いたんぼう

一

「殿のお言葉はありがたいが、今のわしにはどうにもできん」

広島からの密書を右手に大の字になった虎丸は、目を閉じた。

「暇じゃのう。ああ、牡蠣《かき》が食べたい」

故郷の草津《くさつ》村や、瀬戸内の海を目に浮かべ、潮の音を思い出した虎丸は、密書を手の中で丸めた。

誰の差し金か分からぬ刺客に襲われたせいで、もう半月も屋敷に閉じ込められている。

葉月家は川賊改役の控えだが、役料千石を加増されたので、体裁を整えなければならない。早船を設《しつら》え、操る人を集めるために、堂々と町を歩けると喜んでいただけに、一歩も出られないのは悔しくてしょうがない。

だが、家老の竹内は、寝所の外へ出ることすら禁じていた。

「これじゃあ、来た時とおんなじじゃ。つまらんのぅ」

「殿、お声が廊下まで届いています。それに、芸州弁《げいしゅうべん》が出ておられますぞ」

次の間に控えている恩田伝八《おんだでんぱち》が、柔らかい口調で言う。

虎丸は起き上がり、あぐらをかいた。

「今はええじゃろう。家来《たち》らぁは、だぁれもおらんのじゃけ《いないのだから》」

「まあ、そうですが」

「それより伝八、ええかげん教えてくれ。わしを定光殿と思うて命を取りに来たんは、誰の手の者なん？　諸大夫殿は、誰に殺されたん？」

「ですから何度も言いますように……」

「誰か分からんけぇ、部屋から出さんのじゃろ。なんべんも同じこと言うなや」

伝八は呆《あき》れ気味だ。

「嘘ではないのですから。何度訊《き》かれても、そのお答えしかできません」

「そう怒るな。嘘をようる《言っている》とは思うとらん。顔を見りゃ分かる」

「でしたら……」

「竹内は、ほんまに知らんのか？」

「答えは同じです」

きっぱり言われて、虎丸はふたたび大の字になった。

「つまらん」

障子が開けられ、竹内与左衛門《よざえもん》と坂田五郎兵衛《さかたごろべえ》が、揃って厳しい顔をして入ってきた。

虎丸が起き上がって座ると、竹内が前に座り、顔をじっと見て言う。

「刺客のことはいずれ、誰の手の者か突き止めます。それよりも、気を抜かれ過ぎですぞ。家来のほとんどが、若殿《わかとの》の正体を知らぬのです。その言葉遣いはなりませぬ」

「さよう」

五郎兵衛が懐から紙を出したので目で追っていると、虎丸から見えやすい柱に貼った。

芸州弁を使わない。

そう書いてあるのかと思いきや、違っていた。

「五百六十人の命？　どういう意味なん？　じゃなくて、どういう意味だ？」

五郎兵衛が紙を背にして、こちらを向いた。

「読んで字のごとくでござる。これは、殿が背負われている家来と、その家族の命の数でござる」

虎丸は喜んだ。

「二人増えているということは、改役として仕えてくれる者が見つかったのか」

「いいえ、今朝方、二人の家来の女房が子を産んだのです。いずれも長男ゆえ、将来は当家の家来となりましょう」

「何年先のことだ。まあ、しかしめでたい。竹内、祝いだな」

竹内は真顔でうなずいた。

「おまかせを」

虎丸が顔を突き出した。

「また難しい顔をして。家来に子供が生まれた時くらい、笑ったらどうだ」

竹内が頰をぴくりとさせたが、ひとつ咳《せき》をして、居住まいを正す。

「ともかく、守るべき命が増えたのですから、油断されませぬように」

「気をつけます」

「もう一つ、ご報告が」

「今度こそ、家来が見つかったのか」

「それは、出入りの口入屋《くちいれ》にも頼んでありますので、遠からず見つかりましょう。問題は、早船のことです。家中の者を集めて議論しましたが、船に詳しい者がおらず、難儀しています。そこで殿、どのような船が川賊を追うに適しているか、お教えください」

「わたしの頭には、理想があるのだが」

「それをお描きください。皆に見せて、船大工に当たらせます」

竹内が伝八に顎《あご》を引くと、応じた伝八が、虎丸の前に文机《ふづくえ》を置いた。白い紙を広げて筆を渡すので、虎丸は受け取り、紙をのぞき込む。

目を閉じて、頭にある姿を思い浮かべるや、一気に筆を走らせた。

「こんなところか」

満足して皆に見せると、伝八が口に手を当てて噴き出すのをこらえた。

五郎兵衛は顔をそむけて肩を揺らし、笑わぬ竹内でさえ、小馬鹿にした笑みを浮かべている。

皆が笑うので絵を見た虎丸は、船の形はまずまずとしても、乗っている人の絵が滑稽《こっけい》に見えてきて、自分でもおかしくなった。

虎丸が笑ったので、伝八が、楕円《だえん》の胴体に丸い頭を重ね、手と足は棒を描いただけの粗末な漕《こ》ぎ手の絵を指差し、げらげらと笑う。

ひとしきり笑った虎丸は、皆に言う。

「絵のことは忘れてくれ。わたしの頭には、武蔵屋《むさしや》小太郎《こたろう》の早船が浮かんでいたのだ」

すると、竹内が真顔になった。

「六人漕ぎでよろしいのですか」

「八人はほしい。ただし、大きさはあまり変わらぬほうがよい。小太郎の船を八人漕ぎにすれば、これを逃げ切る川船はそうそう出ないはずだ」

竹内が顎を引く。

「では明日にでも絵師を連れて武蔵屋に行き、詳細に描かせましょう」

「そうしてくれ」

廊下に人の気配がした。

いち早く気付いた竹内が、先に声をかける。

「何事か」

家来が座り、柳沢の使者が来たことを告げたが、竹内は真顔を崩さず応じる。

「すぐにまいる。客間にお通ししろ」

「はは」

家来が去ると、竹内が虎丸を見つめた。

「殿の様子を確かめに来たのかもしれませぬな」

虎丸は目を見張った。

「なんじゃと。ほいじゃあ《では》、襲うたんは柳沢様の刺客か」

竹内は睨《にら》んだ。

「落ち着きなされ。これはあくまで、わたしの推測に過ぎぬこと。ご先代（諸大夫定義）のことで、柳沢様が当家をよく思っておられぬのは周知のことですので、そう申したまで。これより使者に会ってもらいますが、柳沢様と対面するのと同じこととと肝に銘じて、お言葉に気をつけてください」

「分かった」

ひとつ息を吐いた虎丸は、立ち上がり、表御殿に渡った。客間に入ると、部屋の中央に正座していた使者が、虎丸に顔を向けた。

作法は、竹内から教えられている。

虎丸は頭を下げ、上座に正座した。

口をへの字にした男が、太い眉尻《まゆじり》を上げ、先に頭を下げた。

虎丸は落ち着いて応じる。

「ようおいでくださいました。葉月定光にございます」

「柳沢家家臣、富永太志《とみながふとし》と申します。本日は葉月殿の役目のことでまいりました。その前に、お訊《たず》ねします。先般《せんぱん》、大川《おおかわ》で川賊が出たのですが、定光殿は、そのことをご存じか」

また出やがったか。

そう言いそうになり、慌てて言葉を飲み込んだ虎丸は、返答に窮した。

すると富永が、それでなくても大きい目をひん剝《む》いた。

「ご存じないのですか」

「そのことならば」

「そちに訊いておらぬ！」

口を挟もうとした竹内を怒鳴った富永が、じろりと虎丸に目を向ける。

「どうなのです、定光殿」

虎丸は、眼差《まなざ》しを下げた。

「今、初めて聞きました」

「控え！　とはいえ、川賊改役がそのようなことでは困りますな」

「申しわけございませぬ。なにせ病み上がりの身ゆえ、冷たい川風は身に沁《し》みますもので」

「なんとひ弱な。頭《かしら》がそのようなことではいけませぬ。このこと、殿のお耳に入れますがよろしいか」

虎丸は肩を落とし、じっとりとした眼差しを向けた。

「なんですか、その目は」

「いえ。返す言葉もございませぬ」

頭を下げる虎丸に代わって、竹内が言う。

「富永殿、いじめくださいますな。当家はまだ命じられたばかりゆえ、船を持っておらぬどころか、漕ぎ手も一人として見つけられておらぬのです。我があるじは、船と人が集まり次第お役目に出られるよう、今は、身体を鍛えております。どうか、柳沢様にはさようお伝えください」

富永が不機嫌な顔をした。

「いじめるとは人聞きの悪いことを申すな。殿は、支度を急げと仰せじゃ。今日は、それを伝えにまいった。よいか、急げよ」

「はは」

竹内に続いて虎丸が頭を下げる。

富永は立ち上がり、茶を出す間もなく辞去した。

表門まで見送った虎丸は、帰っていく富永から眼差しを転じて、久々に見る外の様子を眺めた。人通りのない武家屋敷の道だが、眩《まぶ》しく感じる。

富永が歩く先からこちらに向かってくる町人がいる。

その町人は、富永に道を譲って頭を下げ、そのままの姿勢で通り過ぎるのを見送ると、いそいそと歩きはじめた。

虎丸と竹内が門前にいることに気付いたその町人は、ぺこりと頭を下げ、小走りでやってきた。

「どうもどうも、竹内様、今日はよいお天気で」

言った町人が、腰を低くして虎丸に顔を向けた。

どなた？　という顔をしている町人に、竹内が言う。

「定光様だ」

すると町人は目を見開き、ふっくらとした髷《まげ》が見えるほど深々と頭を下げた。

「御屋敷に出入りを許されております蒲田《かまた》屋治平《やじへい》でございます」

「そうか」

上等な羽織と着物を着ているのは、世の中を知り尽くした四十代の男だ。

竹内から、船を操れる者や、船に慣れている浪人を紹介するよう頼んでいる口入屋だと教えてもらい、虎丸は顎を引き、治平に訊く。

「よい者が見つかったので、来てくれたのか」

すると治平が、後ろ首をなでながら、困り顔を上げた。

「それが、逆でございまして。うちに出入りの旦那方《だんな》に声をかけたのですが、どうにも」

歯切れの悪い言い方をする男だと虎丸が思っていると、竹内が先に口を開いた。

「さっぱりした性分だと、いつも自分で言っている治平らしくないではないか。はっきり申せ」

「はは、それがその」

人目を気にする治平に、竹内が真顔で訊く。

「ここでは言えぬことか」

「はい」

「では、中に入れ」

竹内が虎丸に顔を向けたので、顎を引いた虎丸は、先に門内へ入った。

治平は遠慮して脇門から入り、竹内に促されて庭に回った。

虎丸は、表御殿の客間に入り、竹内は廊下に正座した。庭から歩み寄った治平が、濡《ぬ》れ縁《えん》の下にしゃがみ、申しわけなさそうな顔を向けた。

「竹内様がご提示された条件は、給金は低いですが、仕官が叶《かな》うのですから、浪人の旦那方にとっては願ってもない話でございます。ですが、どの旦那も口を揃えて、葉月家は近いうちに改易になるから、そのような家に仕える話より、給金のいい仕事を回せ。こうおっしゃいます」

竹内は虎丸を気にして顔を向け、膝《ひざ》を進めて縁側に降りた。

治平が続けて何か言ったが、虎丸の耳には届かない。

気になったので、じわりと廊下に寄り、聞き耳を立てた。すると治平は、浪人のあいだではもっぱらの噂だと言い、続いて、柳沢様と葉月様は、あまりお仲がよろしくないというのはほんとうなので？　と言うと、竹内が、誰からそのようなことを聞いたか問い詰めた。

やはり、柳沢と諸大夫は何かあったのだ。自分を襲った刺客も柳沢の手の者なのか。

柳沢の屋敷を出た後だったのだから、ない話ではない。

あれこれ考えた虎丸は、さらに聞き耳を立てた。

誰から聞いたのか問い詰める竹内に対し、治平は神妙に答えた。

「四郎《しろう》様でございます」

亡き諸大夫定義の、腹違いの兄の名だ。

兄なのだから、弟の諸大夫定義を殺したのは、赤穂事件と広島藩の改易をめぐって対立した柳沢だと疑うのは当然かもしれぬ。

虎丸はそう思ったのだが、竹内は違った。すさまじいまでの気迫を込めた面持ちとなり、片膝を立てて治平に迫ったのだ。

「そちは四郎様の屋敷にも出入りしていたな」

「はい」

珍しく感情をあらわにした竹内に、治平はたじろいだ。

「四郎様がなんと申されたのだ。ありていに申せ」

すると治平は、ぼそぼそと何かを言った。

竹内が怒るほどのことだ。聞こえない虎丸は苛立《いらだ》ち、

「聞こえぬ。ねきに寄《そば》れ！」

つい、口から出た。

治平がきょとんとした顔を向ける。

「ねき？」

「いや、今のは違う。あまりに驚いたので、言葉の綾《あや》だ。意味はない」

苦し紛れの言いわけをしてうろたえる虎丸を、竹内がじろりと睨んだ。

虎丸は苦笑いをして、治平に訊く。

「伯父上が、なんと申されたのだ。もう一度言ってくれ」

「はは」

治平は神妙に近づき、虎丸に聞こえる声で告げた。

それによると、下働きの女のことで四郎の屋敷に出向いた治平は、たまたま会うことができた四郎に葉月家の様子を訊かれ、お役目のために人を集めるよう頼まれていることを教えた。すると四郎は鼻で笑い、柳沢様が、定光に川賊改役などを命じたのは、葉月家を潰《つぶ》すお考えだからだ。そう言っていたという。

ここまで教えた治平は、黙って聞いていた竹内に、探る眼差しを向けた。

「四郎様は、定光様の化けの皮が剝《は》がれるとも、おっしゃいました」

言い終えた治平は、虎丸のほうは見ないが、気にしているのは伝わった。

四郎は、身代わりを見抜いているのだろうか。

そう思った虎丸は背筋が寒くなり、竹内を見た。

竹内は虎丸を見ず、治平を睨む。

「四郎様がおっしゃる化けの皮とは何か」

治平は首を横に振った。

「手前も気になりましたのでお訊ねしたのですが、含んだ笑みを浮かべられるだけで、お教えくださいませぬ」

竹内は、いつもの真顔に戻っている。

「教えぬのではない。若殿に化けの皮などないからだ。四郎様は虚言の悪い癖がある。亡き大殿《おおとの》も、ほとほと困られていたのを知っておろう」

すると治平は、笑顔でうなずいた。

「これは参りました。手前は、すっかり踊らされました。しかし困りましたなあ、噂を流されましたので、旦那方が真に受けておられます」

「そこを説き伏せるのが、おぬしの役目であろう。当家は改易になどならぬ。その証《あかし》に、先ほどお前が表ですれ違った武家は、柳沢様のご使者だ。新たな川賊が出ておるゆえ、一刻も早く支度をするよう告げられたのだ」

竹内に厳しく言われた治平は、安堵《あんど》の笑みを浮かべた。

「そうでございましたか。では、今のことを旦那方にお教えして、もう一度説得してみます」

「我らは急いでいる。この際、浪人でなくてもよい。船を操れる者なら小者《こもの》として雇うゆえ、町人でも構わぬ。とにかく人を集めろ」

「こうしてはおられませぬ。すぐ帰って、声をかけてみます」

治平は虎丸に深々と頭を下げ、竹内にも頭を下げて帰っていった。

虎丸は廊下に出た。

「竹内、わたしを狙ったのは、やはり柳沢様の手の者ではないのか」

「そう思いたくはないですが」

竹内はひとつ息を吐き、虎丸を見つめた。

「それより、ねきとはなんです、ねきとは」

「すまん、つい出た」

「相手が治平でようございましたな」

竹内は不機嫌に言うと立ち上がった。

「柳沢様と亡き殿のあいだに何があったのか、初めからお話しします。寝所へお入りください」

虎丸は促されるまま立ち上がり、寝所へ向かった。

五郎兵衛と伝八、そして、竹内の家来である六左《ろくざ》も加わり、虎丸の前に座った。

この四人は、諸大夫が命を落とした時のことを知っている者たちだと、竹内が前置きして続けた。

「大殿が落命されたのは、吉良上野介《きらこうずけのすけ》の首を討ち取った赤穂義士たちが切腹した三月後の夜でした。大殿は、広島浅野家の改易に動いていた柳沢様の強引なやり方に疑問を抱かれ、密《ひそ》かに動いておられたのです。当時家老だったわたしの父を訪ねられ、動かぬ証を見つけたとおっしゃったのを、はっきり覚えています。当時わたしは、まだ家老見習いの身。話を聞いてはならぬと遠ざけられたので、父と大殿が何を話されたのかも、証が何であるかも知りませぬ。しかし言えることは、大殿が何者かに斬られて落命されたのは、父を訪ねられたのちに、わずかな供を連れて屋敷を出られてからでした。父は出かける時、わたしにこう言ったのです。これから殿は、大勝負をされに行く。六左が一人で戻った時は、五郎兵衛と共に従い、わしの手箱にある書付のとおりにいたせ。その時まで、決して中を見てはならぬと」

聞いていた六左が頰をぬぐい、五郎兵衛が天井に顔を向けた。

伝八が袴《はかま》をにぎりしめているのを見た虎丸は、四人に訊く。

「わずかな供の中に、伝八の身内もいたのか」

伝八が、赤くした目を向けた。

「それがしの兄です」

「そうか……」

虎丸は胸が痛くなり、かける言葉もみつからない。

竹内が言う。

「伝八の兄の他に、五人が命を落としています」

虎丸はうなずき、先回りをして訊く。

「わたしがこの家に入った頃に、流行《はや》り病で多くの家来が亡くなったと言っていたのは、そういうことだったのか」

竹内が顎を引く。

虎丸は、気になったことを訊いた。

「まさか、若殿も病ではないのか」

「いいえ。若殿は病です」

「ほんまか。ほんまに病か」

「若殿、芸州弁が出ておりますぞ」

五郎兵衛に言われたが、虎丸は感情を抑えられず、竹内に迫った。

「毒を盛られたんじゃないんか」

「それは、断じてありませぬ。我らは、大殿を喪《うしな》った日から最大の警護を敷いておりました。若殿は、胸の病だったのです」

「そうか」

虎丸はまだ、解せぬことがある。

「定光殿のことは分かったが、諸大夫様を襲った者が柳沢様の手の者であれば、病死と届けても、通らなかったのではないか」

「病死を認めなければ、斬殺《ざんさつ》は己の指図であったと自ら認めるのと同じことです。当時、大殿と柳沢様の不仲を知らぬ者はおりませんでしたので」

虎丸はうなずいた。

竹内が真顔で言う。

「先日若殿の命を奪おうとした者が柳沢様の手の者であれば、大殿が見つけられた証を、若殿が引き継いでおられると思うてのことかと」

「そのような物が、この家にはあるのか」

竹内は首を横に振った。

「定光様は、ご存じありませんでした。わたしも、残された家来たちも、誰も知らぬのです」

「証の内容も知らないのか」

竹内は一瞬ためらいを見せたが、虎丸の目を見た。

「これは想像に過ぎませぬが、吉良上野介と柳沢様の仲を示す物ではないかと」

「ならば、葉月家の者は証を持っていないと、はっきり柳沢様に言うのはどうだ」

「なりませぬ。先代を殺した者も、指図をした者も分かっておりませぬし、何より、柳沢様が暗殺を命じたのでなければ、眠った獅子《しし》を起こすことになるかもしれませぬ」

「では、このまま何もしないのか」

「しないのではなく、できないのです。悔しいですが、相手は大老格。悪事の証がないかぎり、どうにもできませぬ。今我らがなすべきことは、定光様の遺言に従い、葉月家を守り抜くこと。四郎様がおっしゃるように、柳沢様が当家を潰す腹ならば、出仕の命令がくる前に体裁を整えなければ、お役目怠慢だと言われて改易されます。それだけは、なんとしてもさけなければなりませぬ」

「よし分かった。では、まずはそこに力を注ごう」

そう言った虎丸に、竹内がうなずく。

「人が来ないことには、どうにもなりませぬ。悪い噂をどうすべきか」

虎丸はしばし考え、ひらめいた。

「立派な早船を先に完成させ、大川に浮かべるのだ。そうすれば、葉月家は改易などされぬことを世間に広めることができ、人が集まるのではないか」

五郎兵衛が声をあげた。

「それは妙案、と言いたいところですが、船のことも難儀をしているのです」

虎丸が眉を吊り上げた。

「なして？」

「なして？」

同じように眉を吊り上げて訊く五郎兵衛に、虎丸は言いなおす。

「なぜ難儀をしている」

「早船を造ってくれる船大工を押さえておこうとしたのですが、どこも門前払いなのです」

虎丸は腹が立った。

「船大工たちも、改易の噂を真に受けているのか」

五郎兵衛が顔を横に振る。

「ふたたび川を荒らしている賊どものせいです」

荷船が沈められ、あるいは奪われたりしているので、腕のいい船大工に注文が殺到しているのが理由だと聞き、虎丸は腕組みをした。

「江戸は広い。一人や二人いるだろう？」

「いるには、いるのですが」

歯切れの悪い五郎兵衛が、ちらと竹内を見た。

五郎兵衛を横目にした竹内が、虎丸に眼差しを向ける。

「残っているのは、いずれも腕が悪いと評判の者ばかりですので、御家の未来を左右する大切な早船を造らせるわけにはいきませぬ」

瀬戸内で毎日船に乗っていた虎丸は、竹内の言うことはもっともだと思った。

腕の悪い大工の手によるものは、水漏れはむろん、船足が鈍いものが多い。早船となるとそれは顕著で、同じ形、漕ぎ手でも、船足に差が出るのだ。

「川賊を追う者が遅れを取ったのでは、それこそ笑い物だ。よし、ここはわたしも出て探そう」

「それには及びませぬ」竹内がきっぱりと言う。

「我らがなんとかしますので、若殿は屋敷でお待ちください」

刺客を呪《のろ》ってやろうかと本気で思った虎丸は、頭を下げ、町へ出ていく皆を、恨めしそうな目で見送った。

見張り役として残った五郎兵衛が茶を淹《い》れてくれたので、虎丸は黙って飲み、その日は大人しく留守番をした。

だが、この日も、次の日も、三日が過ぎても、腕のいい船大工は見つからなかった。

二

船大工が押さえられない。

これにはさすがの竹内も焦り、品川《しながわ》から鎌倉《かまくら》にかけて当たってみると言いはじめた。

だが、軍船《いくさぶね》でもある早船を造るには、その土地を支配する者の許しがいる。旗本の領地がほとんどなので、付け届けなどを贈ることからはじめる必要があり厄介なのだが、背に腹は替えられないと、竹内は言った。しかしながら、交渉がうまくいき、領主から許しが出ても、肝心の船大工が仕事で手一杯なら、断られる恐れがある。

虎丸はこの時、密かに考えていたことがあったので、もう少し江戸を探してはどうかと言ってみた。

竹内は探る眼差しを向けた。

「お止めになるほどの考えがおありなのですか」

「葉月家は将軍家直参《じきさん》旗本。やはり、お役目に使う早船は、江戸の大工に造らせたほうがよいのではないかと思う」

虎丸は顎を引く。

「それができぬから、焦っているのです」

「誰かおるはずだ。旗本に付け届けを渡す金を、江戸の船大工に向けてみてはどうか」

「腕のいい船大工は義理堅い者ばかりで、金より客を大事にします」

さすがは竹内。言うまでもなく当たっていたのだ。

「もう少しだけ、探してみぬか」

虎丸が言うと、竹内は眼差しを下げた。

「無駄だと思いますが、確かに若殿のおっしゃるとおり、江戸の船大工が望ましいでしょう。もう一度、探してみます」

そう言うと、今朝も五郎兵衛を見張りに残し、家来たちと出かけた。

寝所で大人しくしていた虎丸は、昼がくるのを待った。次の間に控えている五郎兵衛は、虎丸が何も話さず横になっているので暇でしょうがなく、昼餉《ひるげ》を摂った後から居眠りをはじめた。

ある思いを頭に浮かべた日から五郎兵衛の様子を見ていた虎丸は、この時を待っていた。

外へ出るための物は夜のうちに納戸へ忍び込み、長持に隠してある。

そろり、そろりと歩みを進め、障子をあけて中廊下に出た虎丸は、気付かず居眠りをする五郎兵衛に噴き出しそうになるのをこらえ、納戸に向かった。

急いで無紋の着物に替え、大小を抱えて外へ出た虎丸は、下働きの者たちの目を盗んで裏庭を走り、潜り戸から路地へ出た。

刺客に襲われぬためと、これから向かう武蔵屋小太郎に定光と知られぬために頭《ず》巾《きん》で顔を隠し、筑波《つくば》山護持院元禄寺《きんごじいんげんろくじ》の横を通って日本橋《にほんばし》へ向かった。

今日も活気に満ちている魚河岸《うおがし》を抜け、江戸橋の北詰を左に曲がった。

久々の市中を楽しみながら歩いて来た虎丸は、いそいそと武蔵屋に行き、ごめん、と声をかけて中に入った。

帳場で筆を走らせていた番頭の清兵衛《せいべえ》が顔を上げるなり、あからさまに顔をしかめた。

虎丸はずかずかと歩みを進め、清兵衛を指差した。

「その顔は、また来やがったと思うとるじゃろう」

「思っていませんよ。頭が痛いことばかりで、愛想もできない顔になっているのです」

「川賊がまた出ようるらしいのう」

すると清兵衛が、にんまりとした。

「お助けくださりに来られたのですか」

「気持ち悪い顔をすな。今日は知り合いの知り合いに頼まれた厄介ごとがあって来た。小太郎はおる?」

「お頭は船着き場におられますが、厄介ごととはなんです？　川賊退治でないなら、お頭を巻き込まないでくださいよ。何かとお忙しい身ですから」

「分かっとる。人を紹介してもらうだけじゃけ、心配すな」

虎丸は勝手に店の土間を抜けて裏に出ると、船着き場にいた小太郎の妹に声をかけた。

「おみつ」

顔を向けたみつが、笑みで頭を下げた。

「小太郎はどこにおる？」

「あそこですよ」指差して、兄さん、と呼んでくれた。

振り向いた小太郎が、日に焼けた顔に白い歯を見せ、石段を駆け上がってきた。

「虎丸様、お久しぶりです」

「うん」

「今日は、どうされたので？」

「教えて、いや、できれば頭に口を利いてほしいことがあるんじゃけど、忙しいらしいな」

「他ならぬ虎丸様の頼みだ。ひと肌脱ぎましょう。何をすればよろしいので？」

「頭の自慢の早船を造った船大工に仕事を頼みたいんじゃが、どがなかのう」

途端に、小太郎の顔が曇った。

「そいつは、難しいですよ」

「やっぱりだめか。腕がええ江戸の船大工は、川賊のせいで大忙しと聞いたんじゃが、やっぱりそうなんか」

小太郎が手をひらひらとやる。

「そうじゃあなくって、手前の船を造った大工は、腕はいいが偏屈者で、気に入った仕事しかしなかったうえに、女房を亡くしてからは、けつをたたく者がいねぇので、酒におぼれて、仕事をしていません」

「それは、手が空いとる言うことじゃの」

「虎丸様、手前の話を聞いてましたか」

「聞いとるとも。わしが拝んでみるけえ、その船大工の家に案内してくれんか」

「無駄足だと思いますよ」

「頼むよ、頭」

虎丸は手を合わせた。

小太郎は指先で首筋をかいて困った顔をしたが、妹のみつに言う。

「ちょいと出かけてくる。清兵衛にそう言っといてくれ」

「はい」

みつは笑顔で応じて、店に戻った。

小太郎が漕ぎ手を集め、虎丸を早船に促す。

久しぶりの早船によろこんだ虎丸は、いち早く乗り込んだ。

早船は岸を離れ、ゆっくり滑りはじめた。江戸橋のあたりは荷船がひしめき、小太郎はぶつからないよう指図をしている。

やがて大川に出ると、漕ぎ手たちが力を増して船足を速めた。

虎丸は川面《かわも》を滑る早船の舳先《へさき》に立ち、全身で風を受けた。

「気持ちええのう！」

「船はいつぶりですか」

小太郎に訊かれて、荷船の米を奪っていた風間《かざま》三兄弟を捕らえた時以来だと教えた虎丸は、風に負けぬ声で、気になっていたことを訊いた。

「今騒がせとる川賊は、どがな奴《どんな》や」

「幸い、うちのはまだやられていないので詳しいことは知りませんが、かなり厄介だとは聞いています」

「頭を恐れて、武蔵屋の船を狙わんのじゃろう」

「そうだといいんですが、川賊が出るとなると、やはり気持ちがいいものではないですよ」

そう言った小太郎は、荷を山と積んだ船とすれ違う時、賊がいやしないか目を光らせた。

虎丸も倣って警戒したが、大川にそれらしい船はいなかった。

やがて早船は、公儀の御船蔵《おふなぐら》を左に見つつ堀川に入り、船着き場に滑り込んだ。

目的の船大工は、御船蔵前町《まえちょう》に暮らしているという。

漕ぎ手たちに、すぐ戻るから待っていろと言った小太郎は、虎丸を案内した。

船大工の歳を訊くと、四十を過ぎたばかりで、名は升介《ますすけ》だと教えてくれた小太郎は、こっちです、と言って、堀端の道を北に曲がった。

堀川の対岸には、公儀の御船蔵が並んでいる。武家の姿もちらほら見え、木戸が開けられた蔵の中に、大型の軍船が見えた。

天下泰平の世では、宝の持ち腐れだろうと思いつつ見ていた虎丸は、立ち止まった小太郎の背中にぶつかりそうになって足を止めた。

「ここが、升介が船を造る仕事場です。手前の船も、ここで造られました」

小太郎が言うので眼差しを向けた虎丸は、少し開いていた木戸の中をのぞいて、いささか落胆した。

薄暗い仕事場は死んだように静かで、道具は埃《ほこり》を被《かぶ》り、蜘蛛《くも》の巣だらけだったからだ。中で赤い目が二つ光り、こちらに向かってきた。

足下に迫ったのは黒猫だ。

「出たいんか？」

場を譲ると、出てきた黒猫がしっぽを振りながら虎丸を見上げ、走り去った。三匹の猫が後から出てきて、黒猫を追っていく。

「猫の住処《すみか》になっているようですね」

小太郎がそう言いながら戸を開け、遠慮なく足を踏み入れた。

「升介さん、いなさるかい？」

大声で呼んだが、返事はなかった。

「留守か」

虎丸が訊くと、小太郎は振り向いて首を横に振る。

「女房が貯め込んでいた銭がありますんで、昼間から飲み歩いているんです。でも、きっといますよ。酒臭いですからね」

そう言って奥に行くので、虎丸も付いて行った。すると、大きな木箱の中からいびきが聞こえた。

のぞき込んだ小太郎が、

「ったく、しょうがねえなあ」

舌打ちをして手を伸ばした。

「升介さん！　ここはごみ箱だ。起きなすってくださいよ！」

大声で言い、腕を引くと、白髪混じりの無精ひげを生やした男が、眩しそうに片眼を開け、ゆっくりと起き上がった。

「もう飲めねぇよ」

寝ぼけているのか、それとも小太郎と分かったからとぼけているのか、升介は背を向けて横になり、ふたたびいびきをかきはじめた。

小太郎が背中をたたき、

「升介さん、起きなすってくださいよ」

あきらめず声をかけると、眩しそうな顔を向けた升介が起き上がり、木片を投げた。

「うるせえ！　おれは眠てぇんだ。出てけ！」

急に怒り、次々と木片を投げてきた。

腕で顔をかばいながら下がった小太郎が、虎丸の腕を引いて離れた。

「だめだ。酔っていて話になりませんや。出直しましょう」

今日を逃せば、またいつ出られるか分からない虎丸は、小太郎に言う。

「わしは酔いがさめるまで待つ」

「はっ？　あの調子じゃ、いつさめることやら」

「それでも待つけぇ、頭は帰ってくれ」

「いや、そいつはだめです。手前も付き合いますよ」

「ほいでも、忙しいんじゃろうに」

「いいってことです。ちょいと待たせている者に言って来ますんで、ここで待っていてください」

小太郎はそう言って出ていくと、手に経木《きょうぎ》の包みを持って帰ってきた。

旨そうだったので、と言って渡してくれたのは、蒸《ふ》かしたばかりのまんじゅうだった。

小腹が空《す》いていた虎丸は、まんじゅうを受け取って感動した。

「まだぬくいじゃないか」

一口食べた。しっとりした生地にあんこの甘みがよく合う。

「旨いのう」

小太郎が笑った。

「そんなに？」

「ぬくいもんを食べたのはいつぶりか」

命を狙われて以来、竹内の警戒は増してしまい、毒見もより厳しくされる。虎丸の前に出された時には味噌《みそ》汁さえもすっかり冷めているので、温かいまんじゅうがすこぶる美味《おい》しく感じた。

頭巾の下を持ち上げて、旨そうに食べる虎丸に、小太郎が目を細めた。

「不思議なお人だ、虎丸様は」

「わしの何が不思議なん？」

「うっかり被り物を取られるかと思っていましたが、器用にお食べなさる。あったかい物を久々にお食べになられたということは、三度の食事は、お毒見をされているのでしょう？」

さすがは小太郎。鋭い。

口が裂けても葉月家の身代わり若殿だと言えるはずもなく、虎丸は話を変えた。

「それより、川賊の話の続きじゃけど、奴らは、どうやって船を奪うんや。船乗りを川に落とすんか」

「そう聞いています」

「そいつは死と紙一重じゃないか」

「それが、溺《おぼ》れないように、必ず浮き板を置いていくそうです。また別の話じゃ、気付いたら川岸で寝ていて、まるで狐につままれたか、海坊主の仕業だと言っている者もいるそうで」

「海坊主？　何なんそれ？」

「霧が濃い日に出て人を騙《だま》くらかすあやかしですよ。おはやしを奏でて楽しそうに騒いでいる屋形船が近づいてきて、狸面の商人が一緒に遊ぼうと誘うんです。応じて船に乗って酒を飲んでいたはずが、気付いたら川の土手で寝ていたとか、中には、美しい女が舳先に現れ、川に引きずり込まれそうになったという話もございます」

「ほんまに！　ほいじゃあ、いつか霧がある日に出てみるか」

虎丸が本気で誘うと、小太郎は笑った。

「あやかしなんていやしませんよ。作り話に決まっています」

「そこがええんじゃがの」

虎丸も笑い、真面目に訊く。

「今回の川賊は、人は殺さんということか」

「おそらくそうかと」

「どんな奴なんかのう」

「これはあくまで噂ですが、義賊だそうです」

「義賊？」

「はい。盗まれる船の荷は、あまり評判のよくない商人の物ばかりだとか。襲われた船乗りたちは、なぜだか賊のことを詳しく話したがらないそうで、お役人も困っているそうですよ」

「義賊じゃけ、かぼうとるんか」

「あるいは、荷のことを知られたくないかですね。悪党同士の争いならほっときゃいいってことなんですがね、割を食っているのは手前たちのような真面目な荷船屋ですよ。中身が御法度の荷物と知らずに運ばされて捕まった者もいますし」

「分かる分かる。おるよなぁ、嘘をついて荷を運ばせようとする野郎が。そういうのは決まって、荷主が分からんようになっとるよの」

「そのとおりで」同調した小太郎が、まじまじと見た。「虎丸様、なんだか船にお乗りになっていたような言いようですね」

まずい。

「知り合いの船乗りから聞いたことがあるだけよ。ほいじゃけど考えてみたら、そんな悪党の荷を狙う川賊は、いいもん《人》に聞こえるのう」

「何がいいものですか。船を盗まれたら、荷船屋は商売になりません」

「ごもっとも。でも頭のところは大丈夫。そうじゃろう」

「ええ。今のところ、悪い噂のある店の荷は受けないようにしていますんでね」

「これからも気を付けんさいよ」

「はい」

顎を引いた小太郎が、まんじゅうを口に入れ、探る眼差しを向けた。

「ところで虎丸様、早船を欲しがっておられるのは、お武家ですか」

「ほうよ。一日でもはよ《早く》ほしいらしい」

「ははん」小太郎は合点がいった顔をした。

「どしたん？」

「さては、知り合いの知り合いとおっしゃるのは、葉月様ですね」

いずれ葉月家の船として大川に浮かべるのだから、ここはごまかさないほうがいいだろう。

「鋭いな」

「やっぱり。訊きますが、違っていたらごめんなさい」

小太郎がさらに探る顔をするので、実は葉月定光ではないか、そう言われると思った虎丸は、身構えた。

「虎丸様、ほんとうのところは、風間三兄弟を捕まえたのも、葉月家のためじゃないですか？」

「ええ？」

拍子抜けした声になった虎丸に、小太郎が訊く。

「その後で、葉月家がお役目を拝命したと聞きましたので。どうなんです？」

そういうことにしておこうかと思ったが、目付役・山根《やまね》真十郎《しんじゅうろう》の小難しげな顔が頭に浮かんだ。

「そうじゃない。知り合いの知り合いに頼まれたゆんは嘘よ。すまん」

小太郎が怪訝そうな面持ちをした。

「どういうことです？」

「葉月家の者が人集めに困っとるのは知っとる？」

「ええ。船乗りを探しているのは小耳に挟みました」

「人を集めて、川を荒らす賊どもを捕らえるために早船を造らせようとしょうるらしいんじゃが、どの船大工も、忙しいゆうて相手にせんらしい。ほいじゃけわしが、ひと肌脱いじゃろう思うたんよ」

「そういうことですか。川賊を許さぬ虎丸様らしいや」

「川賊がまた出たとなると、川の安寧を守る者が少しでも多いほうがええじゃろう。そう思わんか？」

「まったくそのとおりですがね、このありさまじゃ……」

ため息混じりに言った小太郎が、升介に顔を向けた。

その時升介が、むくりと起き上がった。

周りを見て、自分がいるところがようやく分かったらしく、小太郎を見た。

「誰がしゃべっていやがるのかと思えば、武蔵屋のか。人がせっかくいい気持ちで寝ていたのに、起こすんじゃねぇよ」

小太郎が歩み寄る。

「すまない升介さん。けど、聞いていなすったなら話が早い。今日は――」

「わ、臭っ！　黒《くろ》の野郎、ここで小便しやがったな」

着物の袖《そで》を嗅《か》いで顔をしかめた升介が、仕事場の中を見回したので、小太郎が虎丸に振り向き、鼻先で笑いながら教えた。

「さっきの黒猫ですよ」

「笑い事じゃねぇぞ武蔵屋の。こいつはおれの唯一の外着だ。これじゃゃ、飲みに行かれねぇ」

「また行く気だったんですかい。朝から晩まで酒漬けじゃ、身が持ちませんよ」

「ほっとけ。生きていても、なんの楽しみもありゃしねぇんだ。いつ死んでもいいんだよ、おれは」

「まあそう言わずに。たまには、船を造ってみませんか。生きがいになるかもしれませんよ」

「うるせえ！」

叫んだ升介が、虎丸を見た。だが何も言わずに箱から出て、着物を脱ぎにかかった。そして、奥の壁にかけてあった古着を持って出ると、袖を通す。

あくびをしながら帯をしめている升介に、小太郎が言う。

「こちらは、芸州虎丸様です」

升介が唇を尖《とが》らせ、虎丸を見た。

「見たところお武家のようだが」

虎丸がうなずき、船のことを言おうとしたのだが、小太郎が先に口を開いた。

「聞いてくれ。虎丸様は、升介さんが手前に造ってくれたような早船をお望みだ。川賊を捕らえる役目を……」

うるさい、と、升介は言葉を切り、小太郎をじろりと睨む。

「何を話しても無駄だ。おれは、造らねぇよ。出かけるから帰ってくれ」

「今から飲みに行くのかい」

「どこだっていいだろう」

升介はそう言って小太郎をどかせ、外に出ようとした。

虎丸は戸口を背にして立った。

升介が挑むような顔をして止まったので、虎丸は頭を下げた。

「頼みます。船を造ってください」

升介は驚いた顔をした。

「武家が大工に頭を下げるとは、世の中かわったもんだ」

「そういうお人なんだよ、虎丸様は」

小太郎が言うのでちらと目を向けた升介であったが、眼差しを戻した。

「いくら頭を下げられても、おれはもう、大工道具を持たねぇと決めているんだ。帰ってくれ。ほら、頭を上げて、そこをどいてくれ」

虎丸が頭を上げないので、升介は迷惑そうな顔で首の後ろをなでた。

「お武家さん、いったい何者なんだい。こんな老いぼれに頭を下げてまで、どうして船がほしいんだい」

ほんとうのことを言えるはずもない虎丸は、顔を上げた。

「川賊改役を拝命した葉月家が、早船の調達に難儀をしとると聞いたけぇ、わしがひと肌脱いじゃろう思うたんじゃ。頭の早船が凄《すご》いええけぇ、造った船大工に頼もうか思うて案内してもろうたんじゃ。棟梁《とうりょう》頼みます。一艘《そう》だけ、造ってくださ い！」

手を合わせて頭を下げる虎丸に、升介が訊く。

「葉月家とは、どういう関わりがある」

「なんもない。早《はよ》うお役目についてもろうて、川賊を捕まえてほしいだけじゃ」

「縁もゆかりも、恩もない旗本のために、おれのような者に頭を下げるのか」

「頼みます」

頭を上げない虎丸に、升介が目を細める。

「人に物を頼むなら、頭巾を取って顔を見せねぇかい」

小太郎がいる前で、それだけはできない。

「人に見せられる顔じゃないけえ、勘弁してください」

「ふん」

帰れ、と言って、升介は出ていってしまった。

このままでは葉月家が改易されてしまうと焦った虎丸は、なんとしても今日中に升介を説得することに決めた。だが、どうしても顔を見せろと言われたら、小太郎がいたのではまずい。

「頭、ここからはわし一人で升介に付き合うけぇ、帰ってくれ。忙しいのに、すまんかったのう」

「手前も行きますよ」

「ええよ。船も待たせとるんじゃし、朝になるかもしれんけぇ、わし一人で説得してみる。教えてくれてありがとう。恩に着るよ」

「いやいや、たいしたことはしていませんので、お気になさらず。ほんとうに、お一人でいいんですかい」

「うん。ええよ」

「それじゃあ、手前は帰らせていただきます。何かあったら、またいつでもおっしゃってください。念のため、他の大工にも当たっておきましょうか」

「それは、升介がどうにもだめだった時に頼むよ」

「分かりました」

先に外へ出た小太郎が、升介の行きつけは大川沿いをくだった三つ目の辻《つじ》を左に曲がった先にある、つばめという小料理屋のはずだと教えてくれた。

行こうとした虎丸は、一文も銭を持っていないことを思い出して足を止める。

「頭、頼みついでに、銭を貸してもらえんじゃろうか。升介に飲ませてやろうかと思うんじゃが、財布を忘れてしもうた」

「おやすいご用で」

笑った小太郎が、財布ごと渡してくれた。

ずしりと重いので、虎丸は驚いた。

「こりゃ多過ぎるよ」

「小銭ばかりですから、遠慮せず持って行ってください。酔っていて覚えていないと言わせないよう、口約束はだめですよ。そこだけは、お気をつけて」

「分かった。ありがとう」

財布を着物の懐にしまった虎丸は、小太郎と別れて升介を追った。

三

教えてもらった店はすぐに分かった。

とうに店を閉めている豆腐屋の隣にあるつばめは、江戸のどこにでもある町の小料理屋で、土地の者が通っているのか、中から騒がしい声がしている。

表にも人が数人いて、中を見ていたので、よほどの繁盛店なのだと思っていたのだが、近づくにつれて、それが間違いだと分かった。

騒がしい声は客が歓談するものではなく、怒鳴り合う声だったのだ。

虎丸はいやな予感がして歩を早めた。

「何ごと？　喧嘩《けんか》？」

野次馬の背中に訊くと、若い商家の手代《てだい》風が振り向いた。頭巾を着けて刀を帯びた虎丸を見て、ぺこりと頭を下げる。

「お武家様、たちの悪い連中が一人の客を痛めつけています。助けてあげてください」

声を聞いた他の者たちが道を空けるので、虎丸は応じて中に入った。すると、殴られた升介が足下に転がった。

「おい、大丈夫か」

助け起こそうとした手を升介が払い、虎丸を睨む。

「うるせえ！　おれにかまうなこの、頭巾野郎！」

背を向けてあぐらをかいた升介は、殴った男に顔を上げる。

「煮るなり焼くなり好きにしろ！　ねぇもんはねえ！」

「まだ言いやがるか！」

拳《こぶし》を振り上げた男に、虎丸が叫ぶ。

「金ならわしが払う！」

大柄の男が拳をおろし、虎丸を睨んだ。その後ろから細身の男が現れ、鋭い眼差しを向けて片笑む。

「どこのどなたか知りやせんが、ほんとうに払っていただけるので？」

「おう。払う。なんぼうや」

「なんぼう？」

オウム返しをする細身の男の顔が、猿に似ていると思った。

「おう、なんぼうや？」

懐から財布を出したので、猿男は理解したらしい。ふたたび片笑む。

「一両ですぜ、お武家の旦那」

「おれはそんなに飲んじゃいねえ！」

升介が声をあげたので、虎丸は財布を懐に戻した。

猿男が詰め寄る。

「旦那、払ってくださいよ」

「一両も飲んどらんゆうてようるが《言っているじゃないか》の」

途端に猿男が不機嫌な顔になる。

「こいつはおれの女の尻を触りやがったんだ。ここはそういう店じゃないんでね、迷惑料ですよ、旦那」

確かに先ほどから、前垂れをつけて襷《たすき》がけをした女が不機嫌な顔で腕組みをしている。この店を一人でやっているため手癖の悪いのは見逃せないのだと猿男が言うので、虎丸は升介を見た。

あぐらをかいたままの升介は、面倒くさそうに横を向いている。

「触ったんか？　升介」

すると升介が睨んだ。

「おれはかかあ一筋だ。他の女の尻なんぞ、触るもんか！」

虎丸は猿男に顔を向けた。

「そう言《ゆ》うるけど」

猿男が舌打ちをして、殴ってきた。

いきなりのことで身構える間がなく頭がくらっとしたが、耐えた虎丸は、猿男を睨んだ。

「なんでわしが殴られにゃいけんのや」

「おっとすまねえ。つい手が出ちまった。ですがね旦那、どこの田舎侍か存じませんが、江戸のやくざをなめたらいけませんぜ。升介を置いて帰りなさるか、懐の財布を置いて連れて帰るか、どっちかにしておくんなさい」

刃物を隠していると思《おぼ》しき懐に手を入れたので、虎丸は手のひらを向けて制した。

「待て。つまらん争いをしている暇はないんじゃ」

虎丸は懐から財布を出し、中を確かめた。重いのは一分判より銭が多く入っていたからで、小判は見当たらない。

数えるのがめんどうなので、台の上で財布をひっくりかえした。

「これで勘弁してくれ」

女将《おかみ》が数えにかかり、満足そうな顔を虎丸に向ける。

「たっぷりいただいたから許してあげるよ。そこの酒癖の悪い奴をとっとと連れて帰っとくれ。もう二度と来させないでおくれ」

「なんぼうあったんや？」

「はあ？」

「人に借りた銭じゃけ返さにゃいけんのじゃ。返せとは言わんけえ、なんぼう入っとったか教えてくれ」

女将は猿男に、困惑した顔を向けた。

猿男が顎で指図すると、女将が虎丸に言う。

「二両と二分、はしたが百五文だよ」

「そがに《そんな》あったんか」

「けっ、馬鹿な野郎だ」

升介が鼻で笑ったので、猿男が怒気を浮かべた。

「おう。旦那に助けてもらっておいてなんだその言いぐさは」

「頼んじゃいねぇよ！　金なら持っているんだ。人が気持ちよく飲んでいるのに、目の前にでけぇけつを向けやがるから、邪魔だと言っただけじゃねぇか」

女将が目をひんむいた。

「触ったんじゃないのさ」

「触っちゃいねえ！　でけぇけつをひっぱたいたんだ！」

猿男が女将の尻を見て、腕組みをした。

「確かにでけぇ尻だな」

女将が振り向いた。

「でかいでかいって言わないでおくれよ。気にしてるんだから」

「何言ってやがる。でけぇけつを振るから触られるんだろうが。気をつけろい！」

「何さ！　いっつも触っているくせに！」

「夫婦喧嘩はあとでしてくれ。わしらは帰らせてもらうで」

時間を無駄にしたくなかった虎丸はそう言って、この場から升介を連れ出そうとして振り向いた。こちらに背を向けて座っていた升介の異変に気付いたのは、その時だ。

升介は手を腹に当てて屈《かが》み、顔をゆがめている。

「升介、どしたん？　腹が痛いんか？」

肩に触れると、いやそうに振り払い、額に脂汗を浮かべて呻《うめ》いた。痛みはさらに増したらしく、横に倒れた。

「いけん。おい、医者を呼んでくれ」

虎丸が言うと、猿男は慌てた。

「おれじゃねえぞ。おれは腹を殴っちゃいねえ」

「ええけ、早《は》よ呼べ！」

虎丸が怒鳴ると、女将が猿男の背中を押した。

慌てた猿男は、子分の大男と二人で外へ出ていった。

升介は動かなくなった。

「やだ、死んじまったのかい？」

不安の声をあげる女将に、升介の脈を取った虎丸が顔を向ける。

「痛みのせいで、気を失っただけじゃ。すまんが横にさせてやってくれ」

「あそこに」

応じた女将が、奥の座敷を示した。

升介を抱き上げた虎丸は、思ったより軽いことに驚き、奥の座敷へ運んだ。女将が台を片付けるのを待ち、畳に仰向けに寝かせた。

程なく戻った猿男は、総髪を後ろで束ねた壮年の医者を中に案内した。

「先生、こっちじゃ」

虎丸が声をかけると、歩み寄った医者が立ち止まり、険しい顔をした。

「升介さんじゃないか」

虎丸が場を譲る。

「先生、知っとるんか」

「ああ。女房を診ていたからな」

「そうなんか」

「どうして倒れた」

「急に腹を押さえて苦しそうにしたかと思うたら、気を失ってしもうた」

顎を引いた医者は脈を取り、続いて着物の帯を解いて前を開き、腹を触った。

へその周りを押さえながら、険しい顔をする。

「先生、どこが悪いん？」

医者は虎丸の問いに答えぬまま触診を終え、険しい顔を向けた。

「升介は、女房を亡くして一人だ。身内もおらんと聞いているが、お前様は？」

「わしは、仕事を頼みに来たもん《者》じゃ」

頭巾を着け、よい生地の着物を着ている虎丸を見ていた医者は、身分のある家の者だと思ったのか、神妙な顔をする。

「仕事のご依頼はあきらめなされ」

「そがに《そんな》悪いんか」

医者は顎を引き、升介を気にして、離れたところに誘った。

「腹に、悪い物ができています。腹が膨《ふく》れていますので、おそらく、長くはないでしょう」

「そんな、馬鹿な。元気に酒を飲んどるんで。そうじゃろう女将」

女将が何度もうなずいた。

医者はため息をつく。

「痛みは前からあったはずです。止める者がいないから、痛みがない時に飲んでしまうのです」

「ほんまに、重いんか」

「長くてふた月、いや、もっと短いかも」

虎丸は絶句した。

医者が言う。

「とにかく今は、無理をさせないことです。酒を飲むのが好きな人ですが、こんりんざい、一滴も飲ませてはいけません。ああ、これは失礼。お武家様に頼むのはお門違いでした」

身内がいないのは困ったことだと困惑する医者に、虎丸は言う。

「目をさましたら、誰かいるのか訊いてみる。もしおらんかったら、これも何かの縁じゃけ、わしがなんとかしよう」

「よろしいので？」

不思議そうな顔をする医者に、虎丸は顎を引き、升介を見た。

「どうしようもない酔いたんぼうじゃけど、どこか憎めんのよ。知ったからには、放ってはおけん」

「とんだお人好《ひとよ》しだね」

女将が言うので、虎丸は笑った。

「商売の邪魔をしたのう。すまんかった」

医者から薬を受け取った虎丸は、代金を払えないことに気付いた。

「すまんけど、後で届けさせる」

「分かりました」

「これで払いなよ」

女将が財布を返してきたので、虎丸が眼差しを向けた。

「ええんか」

「病人からふんだくったんじゃ寝ざめが悪いから、いいよ、もう」

早く連れて帰っとくれ、と言う女将に頭を下げた虎丸は、医者に代金を払い、升介を背負って店の外へ出た。

升介の家は近いので、そのまま歩いて帰っていると、大川のほとりに出た時、懐から財布が抜き取られた。

驚いた虎丸が顔を横に向ける。

「良かった、気がついたか」

手を上下させて重みを確かめた升介が、背中で言う。

「こいつは、手間賃としてもらっておく」

「手間賃？」

「おれが生きた証に、とびっきりの船を造ってやろうってんだ。ありがたく思え」

虎丸ははっとした。

「まさか、話を聞いとったんか」

「あの医者は声がでけぇからよう、三途《さんず》の川まで聞こえてきやがった。かかあが逝っちまってからは、いつ死んでもいいと思っていたが、いざ死ぬとなると、川賊を捕まえるための船を造りたくなったのさ」

「あの話も聞いていたのか」

「小太郎も声がでけぇから、気持ちよく寝てられねぇやな」

引き笑いをする升介が下ろせと言うので、虎丸は従った。

しっかりした足取りで先を急ぐ升介に追いつき、横顔をのぞく。鼻頭より突き出た額を前のめりにして歩く表情は、別人に見えた。本気で言っているようだ。

升介が横目を向けた。

「なんでい」

「今は無理をしたらいけんゆうて医者がよった《言ってた》じゃろう。早船のことは忘れてくれ」

「人の話を聞いていないのか。おれは、生きた証を残すと言ったはずだ」

「ほいじゃけど、無理をしたら寿命が縮まるで」

「医者の言いようじゃあ、寝ていてもせいぜいふた月の命だ。細く生き延びるより、この命、最後に大きく燃やしてやろうじゃねぇか。おめえさんがいらんと言っても、おれは早船を造るぜ」

虎丸は升介の前に立った。

「分かった。改めて頼みます。造ってください」

升介は微笑んだ。

「おう」

「財布には、医者代を払うたけえ二両と少ししか残っとらん。あとなんぼ払えばええ？」

「いらねぇよ。先が短けぇおれには、これでも余るほどだ」

「ほいじゃけど、それだけじゃ材木も買えんじゃろう」

「ふん、ついて来な」

升介は歩を早め、仕事場に戻ると中に誘った。

虎丸が中に入ると、蠟燭《ろうそく》に火を灯《とも》した升介が奥へ行き、埃にまみれた布を取り払った。

そこに積まれていたのは、長い板木だ。

「船の材料か」

「おう。こいつはおれの人生で最良の杉板だ。よく乾いているし、節もない。これを使えば、早い船を造れる。かかあが下ごしらえをすませているので、すぐにでも形にできる。何人漕ぎだ」

「わしがほしいのは、捕り方十名が乗れる、八人漕ぎだ」

升介が探る顔をした。

「おめぇさんじゃなくて、葉月家じゃねぇのか」

「ほうよ。わしじゃのうて葉月家がお望みよ」

笑ってごまかす虎丸に、升介が自信に満ちた顔で片笑む。

「おれが造るからには、川賊は逃げられやしねぇ」

意気込んでいるが顔色は悪い。

「大丈夫か」

「でぇじょうぶだよ。だが、時も人手もない。お前さんが手伝ってくれるなら、必ず造ってやる。どうだ」

答えを待つ升介に、虎丸は顎を引いた。

「わしも少しは船を知っとるけぇ手伝えるが、ほんまに、ええんか。弟子はおらんのか？」

「人に造らせるくれぇなら、初めから受けねぇよ」

決意を込めた顔で言う升介に、虎丸は神妙に頭を下げた。

「ほいじゃあ、頼みます」

「よし。今日は帰れ。明日は夜明けと共にはじめる。遅れるなよ」

升介はそう言うと背を向け、仕事場の奥にある家に入った。

外に出て戸を閉めた虎丸は、早船が手に入る嬉《うれ》しさと、升介に無理をさせる心苦しさが半々だったが、脳裏に竹内の不機嫌な顔が浮かび、抜け出していたことを思い出した。

「いけん！」

虎丸は着物を端折《はしょ》り、慌てて屋敷に帰った。

四

「明日から、船を造るですと！」

五郎兵衛が大声をあげ、隣に座っている竹内を見た。

真顔を崩さぬ竹内は、勝手に外へ出た虎丸を睨み据え、黙っている。

その沈黙が、虎丸を不安にさせた。

「竹内、行かせてくれ」

「葉月家を守るためにされたこととはいえ、何も言わず、五郎兵衛の目を盗んで出

ると は何ごと」

不服をぶつける竹内に、虎丸は手を合わせた。

「すまなかった。勝手に出たことはあやまる。だが、何もせずにはいられなかったのだ。頼む、この話に乗ってくれ」

「ずいぶん焦っておられるようだが、升介なる者は、どのような男なのです。信用できるのですか」

竹内に嘘は通用しない。

虎丸は隠さず話すことにした。

「酔いたんぼうで、死病にかかっている」

「よいたんぼう？」

「酒好きで、いつも酔っぱらっている」

竹内の顔が曇った。

「死病とは？」

「医者が言うには、腹に悪い物があり、先が短いらしい」

虎丸は、初めは拒んでいた升介が病を知って、最後の船を造る気になったことを話した。

　すると竹内は、眼差しを下げて考える顔をした。

　虎丸が言う。

「腕は確かだ。小太郎の早船を造った升介なら、どこに出しても恥ずかしくない船を造るはずだ」

　竹内は厳しい眼差しを向ける。

「いくら腕のいい大工でも、いつ倒れるとも分からぬ病の身。若殿が手伝うと申されても、完成にこぎつけるとは思えませぬ」

　竹内の言うことももっともだ。どこかで不安に思っていた虎丸は、肩を落とした。

「やっぱり、だめかのう」

「だめとは申しておりませぬ。もし倒れても、仕事を引き継ぐ腕のいい職人が二、三人いればよいのですが」

「升介は最後の力を込めるつもりだ。見知らぬ者に触らせるとは思えん。ここは、わたしに行かせてくれ」

　竹内は、ひとつ息を吐いた。

「今は、若殿におすがりするしかないようです。ですが、芸州虎丸として毎日この屋敷から通うのは危のうございます。本所《ほんじょ》の下屋敷《しもやしき》からお通いください」

「わたしもそう考えていた。今夜のうちに移りたいのだが」

「よろしいでしょう。我らの秘密を知る者のみで、まいりましょう」

顎を引いた虎丸は、支度を整え、密かに本所へ渡った。

翌朝、夜が明けぬうちに下屋敷を出た虎丸は、無紋の着物を着流し、頭巾を着けて升介の仕事場に急いだ。背後には、付かず離れず六左と二人の配下がいる。刺客を恐れた竹内がよこしたのだが、下屋敷を見張る影がないことは確かめているので、虎丸は安心している。

逆に、襲ってくれば捕らえてやろうと思ってさえいるのだが、身代わりがばれるのはまずいので、むしろそちらを気にして、警戒を怠らない。

面倒だが、真っ直ぐ仕事場には向かわず、道をかえて尾行がないことを確かめ、東の空が明るくなった頃に到着した。

升介は起きているだろうかと心配していた虎丸は、戸口から明かりが漏れていたので、声をかけた。

「升介、おはようさん」

返事のかわりに木槌《きづち》を打つ音がしたので、虎丸は戸を開けた。

中は熱気がこもり、台座にはすでに、船底の枠組みができていた。

驚いた虎丸は、板木を持ち上げようとしていた升介に駆け寄った。

「升介、一晩中起きていたのか」

虎丸が来たことにようやく気付いた升介は、

「おう、来たか」

ひょうひょうとした面持ちで言い、板木の反対側を持てと指図した。

刀を腰から外して置いた虎丸は、言われるままに板木を持った。

一晩のうちに切り揃えたのか、板木は船の半分の長さにされており、持ち上げて驚いた。

「軽い！」

すると升介が、得意顔で笑った。

「上等な杉をじっくり寝かせたからな。良く乾いているのは当然だ。水を吸わさぬ秘伝の油薬を塗ってあるから、手入れを怠らなきゃ長く使える」

「しかし、一晩でこれだけのことを……」

「狐につままれた顔をしているんだろうが、頭巾で見えねぇからつまらねぇな。一晩でできるわけはねえ。昨日も言ったが、こいつは、相方でもあったかかあが下ごしらえをしていたものだ。一からやりゃあ半年はかかるが、ここからだと、おめぇの働き次第では、ひと月もかからねえ」

「早いほうがよいので、ありがたい」

「喜んでいる顔が見えねぇや。頭巾を取っちまいなよ」

「いや、これは取れぬ」

板を置いた虎丸は、升介にじっと見つめられた。

「なんだ」

「昨日とは言葉遣いがまるで違うな。中身は別人か」

つい、屋敷言葉になっていた。

こうやって旗本言葉が板につくのかと思った虎丸は、升介の前では素でいようと決めた。

「こまいことはええがの。次はどれを運ぶん？」

「また妙な言葉遣いに戻りやがった」

升介が鼻で笑い、顎で示す。

「そっちのだ。一人で持てるだろう」

軽々と持ち上げて見せると、升介が怒鳴った。

「気をつけろ！　角をぶつけちまったら水漏れの元だ。でぇじな材料が使えなくなるぞ」

もう少しで柱にぶつけるところだった虎丸は、息を止めて慎重に運んだ。

それからは、升介の指図通りに働き、すぐに時が過ぎた。

腹が減ったと思う頃になって、背後で働いていた升介が木槌を置く音がした。

「おい、一休みするぞ」

運ぼうとしていた板木から手を離して振り向いた時、虎丸の腹が鳴った。

「ふん、正直な腹の虫だな。旨い飯を食わせてやる。ついて来い」

「その言葉を待っとった。腹が減って力が出んかったけぇ」

虎丸は、家に行く升介に付いて行った。

奥に長い家は思っていたより広く、土間の先には裏庭が見える。升介は手前の板の間を右手で示した。

「囲炉裏のところへ座って待ってろ」

そう言って台所に行くので、手伝うと言った虎丸に、升介が振り向く。

「いいから座って、火を掘り出してくれ」

顔をしかめて忙しそうに言うので、虎丸は顎を引き、板の間に上がって囲炉裏のほとりに座った。火箸《ひばし》を取り、灰を探って炭を見つけ出した。頭巾の前を持ち上げて吹き、火を熾《おこ》して戻す。

炭を重ねていいころ合いになった時、升介が鉄鍋《なべ》を持って来た。囲炉裏にかけた鍋からいい香りがして、虎丸の腹の虫がふたたび鳴った。

「朝方作っておいた大根の煮物だ。出汁《だし》が染みて旨いぞ」

よそって渡してくれたので、虎丸は遠慮なく箸を取った。

頭巾を着けたまま食べようとする姿に、升介が舌打ちをする。

「飯の時くらい取らねぇかい」

「そう怒るなや。わけあって、顔を見られたらいけんのじゃ」

「ふん、心配するな。誰にもばらしゃしねぇよ。短けぇ命だ。あの世へ持って行ってやらぁな」

「そがなことを言いんさんなや。昨日の医者は、藪《やぶ》医者よ」

升介が穏やかな笑みを浮かべたので、虎丸は箸を置いた。

「まさか升介、前から分かっとったんか」

「知ってたら、とっくに最後の船を造っていたさ。お前さんがさっき言った同じ言葉を、かかあに言ったことを思い出したのさ。あの医者は藪じゃねえ。おれは、死ぬことを悲しんじゃいねぇぜ、むしろ嬉しいほどだ。かかあのところへ行けるんだからよう」

升介は酒の徳利を引き寄せ、栓を抜いた。

「酒はいけん。飯を食わんと」

「食いたくねぇんだ。こいつは、飯の代わりだ。しんぺぇするな。一杯だけだ。おれが酒を飲まなくなったら、いよいよ死ぬってことだぜ」

茶碗《ちゃわん》酒を旨そうに飲み、食べろと言うので、虎丸は箸を取った。

柔らかい大根は、口に入れただけでほぐれた。江戸の味はしょっぱめだが、力仕事をした後なので旨い。

どうだと訊かれて、虎丸は眼差しを向けてはっとした。

「どうして泣きょうるん？」

「馬鹿言うもんじゃねぇ。煙が目に入っちまっただけだ」

声を震わせ、鼻水をすする升介は、茶碗酒をあおった。

短い命と知って、思うところがあるに違いない。

そう思った虎丸は、かける言葉がみつからなかった。

黙然と食べていると、

「お前さんも、よほどのことがあるんだな」

そう言われたので、虎丸は眼差しを上げた。

真っ直ぐ目を見てきた升介が、薄い笑みを浮かべる。

「頭巾を着けているからよけいに、目が物を言っているように見えちまぅ。寂しそうな目をしてるぜ」

こころの中を見られた気がして、目をそらした。

「寂しゅうはない」

「お前さん、何もかも捨てて江戸に来なすったな。違ぅかい」

「…………」

広島と尾道《おのみち》の仲間の顔を思い出し、二度と会えないと思うと辛《つら》くなる。

「お武家には、おれのようなもんには想像もできねぇ事情ってもんがあるんだろう。でもよう、若《わ》けぇもんがそんな目をしちゃいけねえ。飯を食ぅのに頭巾も取れねぇ暮らしなんざ捨てちまって、好きに生きたらどうだい」

「わしが決めてしとることじゃけ、ええんよ。寂しいは寂しいけど、今の暮らしを捨てて逃げることなんかできん」

「そうかい。でもまあ、たまには憂さを晴らさなきゃ、病になっちまうぜ」

「晴らしょうるよ。こうして町に出てのぅ」

升介が、嬉しそうな顔をした。

「それならいい。船ができるまでしばらくかかるから、楽しみな。さて、戻るか」

虎丸は飯をかき込み、升介に付いて立ち上がった。

仕事場に戻ると、升介が虎丸に振り向く。

「おい、また妙なのが来やがったぞ。おめぇの頭巾仲間か」

言われて目を向けると、確かに、戸口から中をのぞいている頭巾を着けた侍がいた。

見覚えのある立ち姿に、虎丸は慌てて歩み寄る。

「五郎兵衛、どしたん？」

訊くと、たじろいだ。

「なぜ分かったのです」

「着物がいつものままじゃけ、見りゃ分かるよ」

「しまった。迂闊《うかつ》でござった」

帰ろうとする五郎兵衛をつかんで止めた。

「なんの用で来たん？」

すると五郎兵衛が顔を近づけ、小声で言う。

「ご家老が、様子を見てまいれとおっしゃったもので」

「六左たちがおるけぇ、心配せんでもええ」

「そのこともございますが、船の出来具合を見てまいれと。と申しますのも、また、川賊が出たそうです」

「いつ？」

「今朝方やられたそうで、下屋敷の前は今、探索する船手方の船が行き交っております」

「近くでやられたんか」

「船頭が空の荷船ごと流されて来たそうです」

「まさか、殺されとったんか」

「いえ、眠らされていたようです」

寝ていたと聞いて、虎丸はふと、瀬戸内のことを想った。

「若殿、いかがされた」

「いや、なんでもない」

五郎兵衛が虎丸の肩越しに眼差しを転じて見開くので、虎丸は振り向いた。すると、升介が船の枠に寄りかかり、腹を押さえていた。

「升介！　痛いんか？」

駆け寄ると、升介は脂汗を浮かせた顔に薄い笑みを浮かべた。

「てぇしたことは……」

顔をしかめるので、虎丸は肩を貸して座らせた。

程なく痛みは和らいだのか、升介は大きな息を吐き、腹をさすった。

「酒を飲むけぇよ。やめにゃいけんじゃろう」

「やめたところで、何もかわりゃしねぇよ。時がねえからはじめるぞ。おい爺《じい》さん、邪魔をするくれぇなら手伝え」

「じい……」

五郎兵衛は文句を言いかけてこらえた。

「顔も見ておらぬのに年寄りだと決めつけるな。それがしはまだ四十の半ばだ」

「声で分かる。歳もそれなりじゃねぇか」

「なんとでも言え。して、何をすればよい」

「奥の家に行って、昼飯の片づけをしてくれ」

「それがしに炊事をいたせと申すか」

「いやなら帰れ。邪魔だ」

仕事に戻る升介に、五郎兵衛は文句を言おうとしたが、気を静めて虎丸に顔を向けた。

「家はその戸口の奥ですか」

虎丸は驚いた。

「炊事したことないんじゃろう。無理せんでええで」

「いや、手伝います」

五郎兵衛は頭を下げ、片づけに向かった。

虎丸は、升介を手伝って重い石を運び、船の反りを決める大事な作業に入った。微妙な反りが船足にかかわることを、尾道の船大工から聞いて知っている虎丸は、升介の指示に従い、慎重に石を置いた。

ひとつ置くごとに離れて確かめた升介は、最後の石を置いた時、納得のいく顔で顎を引いた。

「ようし、これでいい。今日はここまでだ」

そう言った時には、日が暮れかかっていた。

首から布を取って顔を拭《ふ》いた升介が、気付いたように虎丸に言う。

「そういやあの頭巾の爺さん、家に入ったままだが、まだやっているのか」

気にはしていた虎丸は、見てくると言って家に行こうとした。そこへ五郎兵衛が出てきた。

「若殿……」つい出た言葉を慌てて濁した五郎兵衛が、言い直す。「虎丸殿、終わりましたかな」

「今日のところはの」

「おお、形になってきましたな。いつできます」

「まだはじまったばかりじゃけぇ、あとひと月あまりかかるじゃろ」

「そんなに？」

「何ようるん。ほんまなら半年はかかるんじゃけぇ、喜ばにゃ」

「それはつまり、運が良かったと、いうことですか」

「そういうことだ」

升介が言い、たばこを一服した。台の船を見つめるけむそうな横顔には、満足感がにじんでいる。

「まあ、てぇしてでけぇ船じゃねぇから、反りがうまくいけば、ひと月もかからねぇよ。問題は、それまでおれの命がもつかってところだ」

虎丸は、気の利いた言葉が見つからずに黙っていた。

升介が言う。

「今日は終わりだ。さあさあ、帰ってくれ」

「また酒を飲みに行くんか」

「行きゃしねぇ。今日は寝る」

五郎兵衛が口を挟んだ。

「裏長屋の女房に頼んで、膳《ぜん》を整えておる。ゆっくり食べてくれ」

するとと升介が驚いた。

「出てこねぇと思ったら、そんなことしてたのか」

「味見をしたが、旨い煮物であるぞ。虎丸殿は付き合えぬが、ゆっくり食べてくれ。では、我らはこれにて」

帰ろうと言われて、虎丸は従った。

「升介、また明日」

「おう。遅れるなよ」

そう言って家に入る升介に頭を下げた虎丸は、五郎兵衛と下屋敷へ帰った。

家に入った升介は、戸口を閉めた途端に顔をゆがめ、腰を押さえて板の間に突っ伏し、ひとしきり苦しんだ。程なく痛みが和らぎ、仰向けになって天井を見上げた。

「かかあ、おめぇが残してくれた材木で、いい船ができそうだぜ」

また大きな息をして、気を振り絞って起き上がった升介は、布がかけてある膳を引き寄せたものの、手を伸ばしたのは、酒の徳利だった。

五

板の反り具合も良く、作業は順調に進んだ。

それとは逆に、升介の身体は日に日に悪くなる一方で、虎丸が薬をすすめても、気分が悪くなると言って飲んでくれなかった。

「苦いだけで、ちっとも楽になりゃしねえ。気休めにもならねぇもんより、こっちのほうがよっぽど薬だ」

そう言っては酒を飲み、つぶれて眠るのだ。

だが升介の腕は確かで、尾道の船大工と親しかった虎丸が見ても、早船は日々でき上がっていく。

驚く速さでここまで造れたのは、升介の女房が下ごしらえをしていたこともあるが、二十日のあいだ、升介がほとんど寝ていないからだ。

虎丸は升介の身体を心配して、夜も泊まり込むと言ったのだが、升介はかたくなに拒んだ。人がいたんじゃゆっくり眠れないと言うが、朝行けば、昨日より仕事が進んでいた。

さらに時が過ぎ、二十五日目になると、美しい早船が形となった。日に日に痩《や》せていた升介は、まさに、身を削って造ったと言えよう。魂を込めた船を愛《いと》おしそうにさすりながら、虎丸に顔を向けた。

「ところでおめえ、ずいぶん船のことに詳しいが、国はどこだい」

ふいにそう訊かれたので、どう答えようか考えた虎丸は、頰がこけてしまっている升介に眼差しを向けた。

「わしは、名のとおり芸州の出じゃ」

「てことは、瀬戸内で船に乗っていたのか」

「うん」

「どおりでな。漕ぎ手が座る場所をこと細かに言うもんだから、そうじゃないかと思っていた。大工仕事にしても、筋がいい。侍にしておくのはもったいないほどだ。どうだい、刀をのこぎりに替えて、ここを継いでくれねぇか」

「そう言ってくれるのは嬉しいけど、できんのよ」

「葉月家の若殿だからか」

微笑まれて、虎丸はどきりとした。

「図星か」

「いや、違う」

「おれに嘘を言わなくていい。あの世へ持って行くと言っただろう。頭巾の爺が、若殿と言ったのを聞いちまった。その若殿自ら船大工を手伝うとは、よほどの物好きか、船に詳しいからだと思っていたが、瀬戸内の出と聞いて納得した。しかしよう、瀬戸内の者が将軍家お旗本の若殿とは、いったいどういうことだ」

「…………」

返答に困っていると、升介は笑った。

「まあいいや。そんなことを訊きたかったんじゃねえ。聞きなれねぇ言葉だったからよ、国が知りたかっただけだ。大工仲間から聞いたんだが、葉月家は船大工もそうだが、人集めも苦労しているそうだな。八人の漕ぎ手は揃っているのかい」

「揃っている」

漕ぎ手は、竹内が見つけていた。

「そうかい。そいつを聞いて安心した。明日は、八人の漕ぎ手を連れてきてくれ」

虎丸は目を見張った。

「もしかして、明日できるんか？」

「おうよ。こいつはおれの自信作だ。どれだけ早く走れるか、今から楽しみだぜ。手伝ったおめぇも、そう思うだろう」

「思うよ。今晩は寝られんかもしれん。今日は帰らんけぇ、何かすることない？」

「もうねぇな。日が暮れちまうから、帰《け》ぇりな」

待望の早船ができると思うと胸が熱くなった虎丸は、無意識のうちに頭巾を取った。

升介が驚いた。

「どうした、急に」

「自分でも分からん。でも升介、正直に言うと、こがに《こんな》早うできるとは思うとらんかった。病なのに、無理をさせてすまん」

神妙に頭を下げる虎丸に、升介が鼻水をすすった。

「馬鹿野郎、若けぇもんが泣くな。礼を言いたいのはおれのほうだ。おかげで、かかあが残した材木を無駄にせずにすんだ。明日からゆっくりできるからよう、こいつが川を走る姿を見ながら、好きな酒を飲ませてもらうぜ」

虎丸は笑った。

「ほんまに升介は、酔いたんぼうの時のほうが元気じゃけ、並の人じゃないよ」

「言っただろう。おれにとって酒は薬だ。旨い酒となると、なおさら元気になる」

「ほいじゃあ、明日は旨い酒を持ってくるよ。呑華《のんか》という酒を知っとるじゃろう?」

「おう。何よりの薬だ」

升介がにたりとしたので、虎丸は笑みでうなずき、頭巾を着けて仕事場をあとにした。

その足で大川を渡り、小太郎に借りていた財布を返しに行くついでに、富士屋《ふじや》に足を延ばすつもりでいる。

暗くなって武蔵屋に行くと、小太郎は家にいた。

気になっていたという小太郎は、相変わらず忙しそうにしていた。明日は早船を大川に浮かべると言うと、目を見張った。

「こいつは驚いた。ひと月もかからねぇで造っちまったんですかい」

組み立てるだけの材木があったことを教えると、小太郎は目に涙をためた。

「夫婦大工だなんて、言われてましたからね。そうですかい、おかみさんが削った材木がありやしたか。こいつは虎丸様、神がかりですぜ」

そう言って、小太郎は自分のところの神棚に手を合わせた。借りていた銭を返そうとすると、押し返された。

「いいってことです。升介に旨い酒を飲ませてやってください。喜びますから」

「そのことなんじゃが」

升介の病のことを教えると、小太郎の表情が曇った。

「長くねぇので？」

「医者が言うにはな。ほいじゃけど、酒を飲んだら元気になるけぇ、明日は呑華を買っていこうと思うとる」

「医者の言うことだって外れることもありますからね。ひと月もかけねぇで早船を造っちまうんだから、大丈夫です。升介のことだから、呑華を飲めば、もう一艘造ると言うかもしれませんよ」

「そう言うてくれることを願《ねご》うとるよ。借りたもんは、いっぺん返させてくれ」

財布を再び差し出した虎丸は、大事なことを告げた。

「明日は葉月家の者が受け取りに行くけど、見に来る？」

「いや、そうしたいところですがね、仕事で品川へ行かなきゃいけねぇのですよ」

「そうか。まあ、この先大川で見ることもあるじゃろう」

小太郎が探る目を向けた。

「本心は、葉月家に渡したくないんじゃないですか」

正体を知らぬ小太郎に、虎丸は顎を引いて見せた。

「ほんまよ。ほいじゃが、これで川賊もやりにくうなるはずじゃけ、ええんよ」

そうごまかして、武蔵屋をあとにした。

翌朝、呑華の樽を持って先に下屋敷を出た虎丸は、竹内が漕ぎ手を連れてくる前に、二人で祝杯を交わすつもりで歩を早めた。

旨い酒に目を細める升介の顔を想像しながら、まだ薄暗い道を歩んでいた虎丸は、仕事場に明かりが灯っていることに気付いた。

「今朝も元気に仕事をはじめとるな」

いつものことだったので、小走りに行って戸を開けた。

「升介、今朝も張り切っとるねえ。約束の呑華を持って……」

戸を閉めて振り向いた虎丸は、絶句した。升介が、早船のかたわらで倒れていたのだ。

「升介！」

樽を落として駆け寄り、抱き起こす。

「おい！　升介！　目を開けろ！」

鉋《かんな》をにぎっていた升介は、笑ったような顔で眠ったまま、目を開けなかった。

命を削って完成させた早船は、虎丸はむろん、竹内が連れてきた船乗りたちを唸《うな》らせるほど見事な出来栄えで、大川に浮かべて走らせた途端に、漕ぎ手たちは歓声をあげた。

船の舳先に立っている竹内が、川上に向かうよう指図する。

水面を滑る早船は、ぐいぐいと速さを増していく。

早船には乗らず、岸辺から見ていた虎丸は、背負っている升介に顔を向けた。

「かみさんと見ようるか、升介。二人が残してくれた船は、日ノ本一の早船じゃ。江戸の川を守るけぇ、あの世でかみさんと旨い酒を飲みながら、見とってくれ」

虎丸は、景色がぼやける目を川に向け、下屋敷に向けて遠ざかる早船を見守った。

第二話　吉良の密書

一

この日、虎丸は、陽気に誘われて表の庭に行き、池の主である黒鯉に餌をやっていた。

どこからか飛んできた梅の花びらが水面《みなも》にたゆたい、緋鯉《ひ》が餌と間違えて口に入れた。だがすぐに吐き出し、虎丸が放った餌を呑《の》んで去っていく。

悠然と泳いでいる主（黒鯉）は、虎丸が再び足下に餌を落としたのを聞きつけて浮かび、大きな口を開けて呑み込んだ。

「よしよし、食べたの。長生きしんさいよ」

さらにひとつかみ餌を与えた時、玉砂利を踏みしめる音がしたので振り向いた。

いつもの真顔で歩んでくる竹内家老が、虎丸に会釈をして近づく。

「若殿、蒲田屋治平から遣いがあり、求めに応じた三人の浪人が、本日来ることになりました」

「それは急だな」

「三人集まり次第連れてくるよう申し付けておりましたので」

升介が命を削って残した早船が、いよいよ本格的に動く。

そう思うと、虎丸は嬉《うれ》しくなった。

「どがなもん……、ではなく、どのような者が来るか楽しみだな」

「治平のことですから問題ないと思いますが、まずは、わたしが面談をしてみます」

「すぐ雇わぬのか」

「はい。川賊改役という重役を担える者かどうか、この目でしかと吟味します」

「竹内は厳しいから、三人は大変だな」

「当然です。役に立たぬ者を、升介が残してくれた早船に乗せるわけにはいきませぬ」

「そのとおりよ」

虎丸は、升介が倒れていた姿を昨日のことのように思い出した。

「あれからもうひと月になるか」

「はい」

「今年は、桜が咲くのが遅いな」

「寒い日が続いていますので」

「寒い中、漕《こ》ぎ手たちは鍛錬をしているのか」

「漕ぎ手たちは元々船の扱いに慣れておりますので、今では自在に操れます。問題は、指揮を執る当家の者です。慣れておりませぬので、実戦を模した稽古《けいこ》では、川に落ちる者が多うございます」

病気だった定光は、剣術の稽古もしていなかった。いかに虎丸が船上での戦いを得意としていても、身代わりがばれるので教えられるはずもない。もどかしさに、つい、ため息が出た。

竹内は虎丸のこころを読み取ったらしく、珍しく穏やかな顔を見せた。

「治平が選んだ三人に期待しましょう。よく見極め、使えそうならば今日にでも召し抱え、当家の者たちの鍛錬をさせます」

葉月家のことは竹内が仕切るのが当然だと思っている虎丸は、素直に応じた。

頭を下げて表御殿に戻る竹内を見送り、池に向かってしゃがんだ。

主が目の前に寄ってきて、水面から口を出し、浮いていた餌を呑み込んだ。

潜る時に尾びれが水面をたたき、しぶきが上がる。

升介が造ってくれた早船に乗り、川賊を追いたい。

できないことを思ってしまい、虎丸はまた、ため息をついた。

池の向こうから物音がしたので立ち上がった。

誰かいるのか声をかけようとした時、

「雪ノ介《ゆきのすけ》」

女が呼ぶ声がした。

これまで幾度か、こちらを見られている気がしたことがあるが、いずれも姿が見えなかった。

あの時感じていた気配は、今した声の主だったのだろうか。

気になった虎丸は、池を回って庭の奥へ行き、板塀の隙間を見つけて顔を近づけた。のぞくと、白い猫が木の根元を掘っているのが見えた。

奥方が飼っている雪ノ介だ。

何をしているのか、掘るのをやめて、匂いを嗅《か》いでいる。

「雪ノ介、どこです」

ふたたび声がして、雪ノ介がそちらを向いて鳴いた。

女が庭木のあいだから現れ、虎丸のいる方に背を向けてしゃがみ、雪ノ介を抱き上げた。

「ここにいたのですか」

鼻と鼻をくっつける横顔を見ていた時、女は気配に気付いたように、板塀のほうを向いた。

若い女の顔を見た虎丸は、その美しさに息を呑んだ。

奥御殿から声がしたのはその時だ。

「ぐずぐずしないで、早くしなさい！」

まぎれもなく、奥方の声だ。

虎丸がそう思っていると、女はいそいそと奥御殿へ戻っていった。

高島《たかしま》の声を月姫《つきひめ》のものだと思い込んでいる虎丸は、気の強そうで恐ろしげな顔を想像して、その場を離れた。

見られていたことに気付いていない月姫は、木々のあいだを縫って歩み、奥に戻った。奥御殿では、廊下にいる高島が、拭《ふ》き掃除をしている侍女たちを厳しく叱っていた。

侍女たちは、高島がいることに気付かず、手を止めて無駄口をたたいていたのだ。

「いいですか。掃除は手を抜いてはなりませぬ。口ばかり動かしているから、ほらここ、拭き残しがあるではないですか。毎日のことと気を抜かず、真面目にやりなさい」

侍女たちは身体を縮めて頭を下げ、掃除に戻った。

庭を歩む月姫に気付いた高島が、厳しい顔のまま言う。

「姫様、また雪ノ介が逃げたのですか」

表に繋《つな》がる庭と見て、月姫に探る眼差《まなざ》しを向けた。

定光のことが気になり、表の様子を見ていた月姫は、真意を知られないよう雪ノ介にかたりかけた。

「勝手に外へ出てはいけませぬよ」

そうごまかし、逃げるように部屋へ入った。

いっぽう、寝所に戻った虎丸は、誰もいないので仰向けに寝転び、天井を見つつ、庭で見た女のことを考えていた。

色白で中高の顔は、これまで見たことのない美人のせいか、目を閉じるとはっきり思い出せる。

「あの侍女は、美人で優しそうだったのぅ。あの人が奥方なら、よかったのにのぅ」

つい出た言葉に自分でも驚き、ふっと笑う。

「若殿、誰が奥方ならよかったのです？」

次の間の襖《ふすま》の陰からした声に、虎丸は驚いて起き上がった。

五郎兵衛がぬっと顔を出し、含んだ笑みを浮かべたので、虎丸は顔が熱くなった。

「な、なんじゃ五郎兵衛、おったんか」

「芸州弁になっているところをみると、こころがざわついておられますな。あの人とは、誰のことです」

隠しとおせぬと思い、白状した。

「先ほど庭で、雪ノ介を抱いている侍女を見かけたのだ」

「なんですと！」

五郎兵衛が両手をついて身を乗り出す。

「顔を合わせたのですか？」

「驚くことはない。向こうには気付かれておらぬ」

五郎兵衛は、さらに訊《き》く。

「どのような侍女です」

「どのようなって、季節に合わせた桜色の着物に、白地の帯を巻いていたな。歳はわたしと同じほどで、美人だ」

五郎兵衛は目を泳がせ、さらに身を乗り出す。

「その者が、奥方様ならよいと思うたのですか」

「あれは忘れてくれ。それより五郎兵衛、わたしは、月姫と対面する日が来るのか」

「どうして気にされます。やはり、侍女が……」

「そうじゃない。ただ、姫と会う日が来ないことを望む。身代わりがばれたら、切腹の前に殺されるかもしれないからな。わたしは、奥方が恐ろしい」

「はあ？」

月姫の優しさを知る五郎兵衛は、妙に恐れている虎丸が不思議に思えたのだろう。

腕組みをして口をとがらせ、首をかしげた。

「お会いしたこともないのに、どうして恐ろしいのです」

「声で分かる」

「声……」

五郎兵衛はますます、不思議そうな顔をする。

「お顔に似合う、美しい声をしておられますが」

「まあ、人それぞれ、感じることは違うからな。わたしには、恐ろしく聞こえるのだ」

「同じ年頃ですと、そう聞こえるのですか。それがしにとって奥方様は娘、いや、孫ほども離れておりますので、優しいお声だと思うのですかな」

「うん」

「まあでも、声は声。お会いになれば、若殿もきっと、お気に召すと思いますぞ」

ぐずぐずしないで、早くしなさい！

先ほどの声が耳に新しい虎丸は、そうは思えなかった。

「できれば会いとうない」

そう言って仰向けになり、天井をみつめた。

二

三人の浪人が葉月家を訪ねたのは、昼を少し過ぎた時だった。

竹内が一人で客間に行くと、案内して来た蒲田屋治平が、三人に名乗るよう促した。

「柴山昌哉《しばやましょうさい》と申します。わたしは、紀州勝浦《きしゅうかつうら》生まれ、深川《ふかがわ》育ちの浪人でございますが、食うために、長らく船宿で働いておりました。川賊の奴らには前から腹が立っておりましたので、末席にお加えいただいたあかつきには、身命を賭《と》して、賊どもと戦う所存」

熱く語り、頭を下げた。

深川育ちらしく気性が荒いが、正義感にあふれているようだ。

竹内は顎《あご》を引き、右側に座る浪人に眼差しを向ける。

「それがしは、高里歳三《たかさととしぞう》と申します。四国高松《たかまつ》出身でございます。諸国を旅して江戸に落ち着いておりますが、国許《くにもと》にいた時は、知り合いの漁師を手伝い、船を操っていました。潮の渦が激しい海にもまれて鍛えられたこの腕を、存分にお使いください」

右腕をぽんとたたいて笑う歳三に、竹内は真顔で顎を引く。

「拙者、武州《ぶしゅう》浪人、吹石五六《ふきいしごろく》にござる。拙者は、船の扱いには慣れておりませぬが、川賊どもを捕らえることにかけては、誰にも負けませぬぞ。雇って損は——」

「吹石殿」

竹内は言葉を被《かぶ》せ、吹石を黙らせた。

「何か」

訊く顔をする吹石の座り姿を見据えた竹内は、遠慮なく言う。

「当家は、早船に乗り、川賊を取り締まる者を欲しています。失礼だが、貴殿の体《たい》躯《く》では、船足が遅くなる」

吹石は驚き、自分の出っ張った腹を見おろした。

「太っているから、雇わぬと申されるか」

「さよう。足を運んでいただいたのに申しわけないが、お帰りください」

「待たれよ。拙者は剣術に自信がある。今から型をお見せするので決められるのはそれからにされよ」

「いいや。船に乗れぬ者と話すことはござらぬ。お引き取りを」

「待ってくれ。あんた、家老だろう。殿様に会わせてくれ。殿様なら、拙者のことを認めてくださるはずだ」

「ならぬ」

「そう言わずに頼む。このとおり」

「お引き取りを」

「会わせていただけるまで帰らん！」

居座る態度をみせる吹石に、竹内は厳しい眼差しを向ける。

「殿は今、床に臥《ふ》せておられる。面談のことは一任されているゆえ、わたしが否と申せば否なのだ」

竹内の切り捨てる態度に、吹石は怒気を浮かべ、口をゆがめて治平を睨《にら》んだ。

「蒲田屋、話が違うではないか。雇うてもらえると言うから、わざわざ来てやったのだぞ」

「いや、その、竹内様」

治平はしどろもどろになり、助けを求めたが、竹内は厳しい顔をしている。

こうなってはどうにもならぬと知っている治平は、吹石に平あやまりした。

手間賃だと言って紙に包んだ金を渡そうとしたが、吹石は、馬鹿にするなと怒鳴り、憤慨して立ち上がると、竹内を睨んだ。

「お帰りだ」

竹内が真顔で声をかけると、廊下に若党が現れた。

吹石は何も言わず、肩を怒らせて帰っていった。

治平が困り顔を向ける。

「竹内様、もう少し、言いようが……」

じろりと睨まれ、

「いえ、なんでもございません」

治平は肩をすくめて下を向いた。

竹内が言う。

「治平」

「はい」

「わたしは、早船に乗れる者を、と言ったはずだ。船の扱いもできぬ上に肥満の男を連れてくるお前が悪い。違うか」

「おっしゃるとおりですが、どうしても、あと一人が見つかりませんで、仕方なく」

「妥協をする者とは、この先仕事ができぬぞ」

「いや、それは困ります。何とぞ、お許しを」

治平は必死の顔で頭を下げた。

竹内が、ひとつ息を吐く。

「この二人を連れてきてくれたことに免じて、こたびは許す。次は気をつけよ」

治平は顔を上げた。

「では、竹内様」

「うむ。高里歳三と柴山昌哉の両名は、力になってもらう」

二人は顔を見合わせて、喜びを交わした。

高里が竹内に笑顔を向ける。

「必ずお役に立ちます」

柴山が張り切って続く。

「わたしも励みます」

真顔で応じた竹内は、懐から紙の包みを出し、二人の前に置いた。

「些少《さしょう》だが、支度金だ。こちらの支度が整い次第声をかけるゆえ、しばし日をもらう。両名に家族は」

「いません」

声を揃える二人にうなずいた竹内は、二、三言葉を付け加えて沙汰《さた》を待つよう言い、面談を終えた。


その竹内が寝所に来たので、虎丸はどうだったか訊いた。

二人ほど決めたと言った竹内が、居住まいを正す。

「両名に、若殿は病弱と伝えてあります。他の家来と同じように、ひ弱に接することをお忘れなく」

虎丸は、指の先で頬をかいた。

「あれ、苦手なんよの」

「今、なんと」

じろりと睨まれ、咳《せき》でごまかした。

「なんでもない。それで、二人にはいつ会える」

「近いうちに」

「名前を教えてくれ」

竹内は、名前を教えてくれた。

二人目の名を聞いて、虎丸は眉根《まゆね》を寄せる。

「いかがされました」

訊く竹内には答えず、虎丸は記憶をたどった。

「若殿？」

もう一度訊く竹内に、虎丸は眼差しを向ける。

「高里という名前、どこかで聞いたことがあるのだが、どのような者だ」

「年は二十二歳、出は、高松です」

驚く虎丸に、竹内が厳しい顔をする。

「ご存じの者ですか」

「高松で何をしていた」

「漁師を手伝い、海に出ていたそうです。諸国を旅したのち江戸に落ち着いたと申しましたが、やはり、知り合いですか」

心配そうな竹内に、虎丸は考える顔をする。

「漁師船なら、尾道までは来ないはずだ。下の名は知らぬが、高里という高松藩の船手方とは、瀬戸内の船の上で、二度ほど顔を合わせたことがある。すれ違った時に、あいさつを交わしただけだが」

「それは気がかりです。今は浪人ですが、国許では船手方をしていたかもしれませぬ」

「家柄を聞いていないのか」

「治平が事前に伝えたことによると、高松藩士の次男坊ですが、良縁もなく、肩身が狭い部屋住みだったので家を飛び出して諸国を放浪し、昨年、江戸に来ています」

「高松！」

「では、わたしが知る男とは違うな」

「ただし、嘘をついていなければの話です。念のため、二人とも顔を確かめたほうがよろしいでしょう。治平に申し付けて、明日、屋敷に来させます」

「分かった」

翌日、治平に連れて来られた高里歳三と柴山昌哉は、通された書院の間に座り、落ち着かぬ様子でいる。

高里が治平に話しかけた。

「やはり、仕官の話はなかったことにされるのだろうか」

柴山が続く。

「我らは、何か粗相をしたのか」

「二人とも落ち着いて。先ほども言いましたように、なかったこととされるなら、わたしにそう伝えるよう申し付けられるはず。呼ばれたのは、別のことですよ」

「だといいのだが」

不安そうな高里は、表の庭に顔を向けた。

頬かむりをして、庭の掃除をする下男に扮して見ていた虎丸は、顔を下に向けてごみを拾う。

高里は治平を見て、待たされますね、と言い、前を向いた。

虎丸は、静かに立ち去り、別室に控えている竹内のところに行った。

竹内と共に待っていた五郎兵衛が訊く。

「いかがでございました」

「二人とも、見知らぬ顔だった」

「おお、それはようございました」

虎丸は笑みで応じて、竹内に訊く。

「顔は覚えたが、どちらが誰かわからない。眉毛が太いほうは、なんという名だ」

竹内はすぐに答えた。

「その者が高里蔵三です」

「げじげじ」

「はあ？」

「そのほうが名を覚えやすい。げじげじが高里蔵三で、白鼠が柴山昌哉だな」

「白鼠……。本人には言わぬほうがよろしいかと」

「分かっている。顔を覚えるためのあだ名だ」

安堵《あんど》した様子で顎を引いた竹内は立ち上がり、書院の間に向かった。

虎丸は庭に戻り、様子をうかがう。

上座に座った竹内が、頭を下げた二人に言う。

「待たせた。今日はご苦労だった。両名とも、面を上げよ」

竹内は顔を見て訊く。

「支度は進んでいるか」

「はい」

声を揃える二人に、竹内は顎を引く。

「では四日後、殿に会《お》うてもらう。間に合うか」

「間に合わせます」

高里が意気込み、

「あとは、髭《ひげ》と月代《さかやき》を整えるばかりでございます」

柴山が神妙に答えた。

竹内は、治平に眼差しを向けた。

「殿に謁見がすみ次第、二人分の紹介料を支払う。残る一人を早急に探してくれ」

治平は満面に笑みを浮かべ、頭を下げた。

「かしこまりました」

「今日はそれだけだ。下がってよい」

「ははあ」

三人は声を揃え、書院の間から出ていった。

虎丸が目で追っていると、二人の侍は喜び合い、治平に礼を言っている。竹内が選んだだけあり、両名とも好青年のようだ。

しかし、川賊を相手に戦うことを考えると、瀬戸内の船乗りを相手に育った虎丸には、少々、ひ弱そうに見えた。

見た目と中身が別であれば、問題はないのだが。

そう思いつつ見送っていると、頼りになる瀬戸内の仲間の顔が頭に浮かんだ。

「佐治は今頃、わしの代わりに大坂か」

つい独り言が出た虎丸は、竹内が見ていることに気付いて苦笑いを浮かべ、背中を丸めて寝所に戻った。

四日後の朝、虎丸は、葉月家当主として、柴山、高里の両名と対面した。

二人は皺《しわ》のない紋付き袴《はかま》を着けて月代を整え、先日とは見違えるほど凜々《りり》しい面持ちをしている。

頼りなさそうに見えたが、今は逆に表情が引き締まり、この二人なら、賊から川の安寧を守ってくれそうだと思えた。

　四日のあいだに、五郎兵衛と拝謁の稽古を繰り返していた虎丸は、葉月家の当主らしく穏やかに接し、まずはげじげじに眼差しを向けた。

「高里歳三」

「はは」

「家禄三十俵と長屋を与える」

「ははあ」

　頭を下げる高里から、白鼠に眼差しを転じる。

「柴山昌哉」

「はっ」

「同じく、家禄三十俵と長屋を与える」

「ありがとうございます」

　頭を下げる二人に、虎丸は面を上げさせた。

　上気して顔を赤らめている二人に言う。

「三十俵は決して多くはないが、働きによっては報奨を出す。知ってのとおり、当家は川賊改役の控え。御公儀から命令があって初めて動く。今日からは、いつでも出られるよう、鍛錬に励んでくれ」

高里がげじげじ眉毛をぴくりとさせて、虎丸に手をついた。

「おそれながら殿様」

「様はよせ」

「殿」

「うん」

「早船を見せていただきましたが、見事としか言いようのない代物。宝の持ち腐れにならぬよう鍛錬いたします」

虎丸は嬉しく思い、升介の顔が浮かんだ。

「よろしく頼む」

「今ひとつ、お願いします」

「何か」

「もしも鍛錬の最中に賊を見つけました時は、捕らえてもよろしゅうございますか」

張り切る高里の気持ちが分かる虎丸は、竹内を見た。

彼らの横手に座っている竹内は、真顔を小さく横に振った。

なんでいけんのん？

思わず出そうになった言葉を飲み込み、眉間《みけん》に皺を寄せた。

するると竹内は、眼差しを二人に向けて言う。

「張り切るのは嬉しいが、葉月家はあくまで控え。本筋である川賊改役の邪魔をするなと言われる恐れがあるゆえ、勝手に動いてはならぬ」

高里は不服そうだったが、言いつけに従った。

柴山は、緊張の面持ちで黙っている。

竹内が、他に訊きたいことはないかと問うと、柴山は神妙に言う。

「ございませぬ。身命を賭して、お役目に励みまする」

意志の固さを表す眼差しを向けられ、虎丸は顎を引く。そして、竹内に言われていたことを頭に浮かべた。

「わたしは身体が弱いゆえ、早船の舳先《へさき》に立ち、そなたたちの指揮をすることが叶《かな》わぬ。当家のためとは申さぬ。皆と力を合わせ、川の仕事を生業《なりわい》としている者のため、励んでくれ」

高里と柴山は、揃って両手をついた。

「必ずやご期待に添いますので、殿は屋敷におとどまりになられ、御公儀のことにお励みください」

こんなら、竹内に言わされたの。

咄嗟《とっさ》にそう思った虎丸は、竹内を見た。いつもの真顔で二人を見ている竹内は、目を合わせようとしない。

沈黙が続いたので、二人が不思議そうな顔を上げている。

気付いた虎丸が、胸を押さえて咳をし、病弱を演じた。

二人の新参者は慌てて、身体を気づかってきた。

これで二人は、虎丸が船に乗ることを拒むだろう。

竹内を見ると、唇にわずかな笑みを浮かべていた。

虎丸が見ていることに気付いた竹内は笑みを消し、二人に言う。

「これより、係りの者が長屋に案内する。両名とも、殿がお下がりだ」

これが終わりの合図だ。

虎丸は立ち上がった。平身低頭している二人に、励め、と、一言かけ、書院の間から出た。

寝所に戻ると、五郎兵衛が茶とまんじゅうを出してくれた。

「上出来でございましたぞ」

笑みでそう言う五郎兵衛は、目を赤くしている。

「また、若殿を思い出したか」

「いや、これは目にごみが……」

「遠慮は無用だ。わたしと若殿を重ねたのであろう？」

「申しわけございませぬ」

「あやまることはない。わたしは定光殿になったのだ」

胸を押さえて咳をした。

「若殿、もう芝居はよろしゅうございますぞ」

「そうだったな」虎丸は笑みを見せた。「ちと、用を足してくる」

立ち上がり、便所に急いだ。

胸をたたいて、ひとつ息を吐いた虎丸は、なんでもない、と自分に言い聞かせ、用をすませて寝所に戻った。

来ていた竹内が、虎丸に訊く。

「胸が苦しいのですか」

探る眼差しに、虎丸は首を横に振る。

「芝居の時に胸をたたいたから、つかえが残ったのだ。今はなんともない」

竹内は歩み寄り、

「ご無礼」

額に手を当てた。

「熱はないようですが、念のため、医者に見せます」

いつになく心配そうな竹内に、虎丸は驚いた。

「ほんまになんともない。ちょっと喉《のど》がいがいがしただけじゃけぇ、心配せんでくれ」

「なりませぬ。若殿も、初めはそうおっしゃっていました」

もはや芸州弁も怒らぬほど、竹内は焦っている。五郎兵衛も、落ち着かぬ様子で見ていた。

医者を呼べと言われた六左が、廊下から去ろうとしたので、虎丸が止めた。

「大仰にしたら、月姫が心配するけぇ呼ぶな。ほんまに、わしは大丈夫じゃけ」

焦る虎丸を、竹内が見つめる。

「まことに、胸が苦しくないのですね」

「苦しゅうない。こがなんは、蜂蜜《はちみつ》を舐《な》めたら治る。尾道ではそうしょったけえ、大丈夫じゃ」

竹内は六左に顔を向けた。

「蜂蜜をこれへ」

「はは」

屋敷になかったのだろう、六左が持って来たのは、一刻（約二時間）後だ。

薬屋で求めたと言う蜂蜜は、尾道で亀婆《かめばあ》からもらっていた物とは香りが違う。

亀婆のは、野山の花の蜜だったので、ほのかに花のいい香りがしたが、江戸の蜂蜜は、ただ甘いだけのように感じた。

それでも、喉が楽になった。

「いがいがが取れた。六左、ありがとう」

「いえ」

頭を下げる六左の手から、五郎兵衛が蜂蜜を取った。

「近頃は埃《ほこり》っぽいですからな」

そう言って、自分もひと口さじを含み、喉を潤している。

虎丸は、竹内に言う。

「残る一人のことだが、蒲田屋治平はその後、何も言うてこないのか」

「なかなか、よい男がいないそうです」

「江戸の町では、浪人風を大勢見かけるが、いないのか」

「船を操れる者となると、海を有している諸藩も欲しがるらしく、なかなか」

「断った吹石が、今となっては惜しいことをした気がする」

「しかし、あの体軀は早船に向きませぬ」

虎丸は顎を引く。

「海の大型船ならなんともないことなのだが、賊を追うには船足が大事。太った者は難しいか」

そこへ、六左の配下が来た。

「ご無礼いたします」

六左が応じて廊下に行き、話を聞くや驚き、険しい顔で振り向く。

「いかがした」

訊く竹内に応じて部屋に戻り、配下が告げたことを教えた。

「吹石五六が、町でご家老の悪口を言いふらしているそうです」

竹内が真顔を向ける。

「なんと言うている」

「葉月家の殿様は余命いくばくもなく、家老がすべてを仕切り、御家を乗っ取ろうとしている。ろくな家ではないので、仕官はこちらから断った。そう言いふらしているそうです」

「逆恨みもいいところではないか。ご家老、相手にせぬのが一番ですぞ」

五郎兵衛が言ったが、竹内は鼻息を荒くした。

「若殿は長らく病に臥せておられた。柳沢様の耳に届けば再発したと思われ、お役目のことに響きかねぬ。これは捨ておけぬ」

立ち上がる竹内に、虎丸が訊く。

「何するん？」

「吹石を説き伏せて、悪口をやめるよう促します」

六左が供をしようとしたが、虎丸の身辺警固を命じて、一人で出かけた。

三

竹内は、夜になっても帰ってこなかった。

あまりの遅さに、虎丸は心配になり、外へ出ようとしたのだが、警固をする六左と恩田伝八が立ちはだかり、寝所から出してくれなかった。

そこへ、様子を見に表へ出ていた五郎兵衛が戻ってきた。

「竹内が帰ったのか」

訊く虎丸に、焦った様子の五郎兵衛は首を横に振る。

「おおごとにござる。たった今、蒲田屋治平がこれを持って来ました。とんでもないことになりましたぞ。ご家老が、吹石とその仲間に捕らえられました」

「なんじゃと！」

目を見張った虎丸は、差し出された文に目をとおした。

竹内殿を預かりそうろう。

命と引き換えに、先代諸大夫定義殿から預かっているはずの、吉良上野介が柳沢様に宛てた密書を所望いたす。

引き渡しは明日の昼、場所は、浅草《あさくさ》たんぼにある空き家。目印は道端の地蔵。できぬこととは承知しているが、念のため申す。くれぐれも、公儀には知らせぬこと。役人の姿見えし時は、ただちに竹内の首をはねる。

これは脅しではないことを、同封した物でご理解されたし。

吹石五六

定光殿

手紙と共に、竹内の印籠《いんろう》が届けられていた。

虎丸は、手紙を畳に投げつけて睨んだ。

「吹石の野郎、許さん！　治平はまだおるんか！」

「若殿、落ち着いてくだされ」

怒りのままに表御殿へ出ようとした虎丸を、五郎兵衛と伝八が二人がかりで止めた。

「放せぇや」

「なりませぬ。怒りで芸州弁丸出しの今では、家来たちに素性を疑われます」

「表では気を付ける。治平に吹石のところへ案内させて、ぶちのめしちゃる」

「治平はもう帰りました」

「なして帰したんや」

「落ち着いてくだされ。怒りに任せて突っ込んでは、ご家老のお命が危のうござる」

五郎兵衛に言われて、虎丸は力を抜いた。

気持ちを落ち着かせるために正座し、ひとつ息を吐き、五郎兵衛に訊く。

「吹石が欲しがる吉良上野介の密書が、この家にはあるのか」

「そのような物、ございませぬ」

五郎兵衛はひどく動転しているらしく、視線が定まらない。

虎丸は考えた。

吹石は、諸大夫と家来たちを殺し、定光と思い込んで襲ってきた刺客の一味なのだろうか。だとすれば、葉月家が人を探していると知り、家中に入り込もうとしたに違いない。

「五郎兵衛、吹石は、刺客の仲間に違いない。そいつが欲しがっている吉良の密書を、作ることはできぬか」

五郎兵衛は驚いた。

「騙《だま》すのですか」

虎丸は顎を引く。

「手紙を渡す場で吹石を捕らえて、誰の指図か吐かせる。そうすれば、諸大夫殿と家来衆を殺させた黒幕が分かる」

「それは極めて危のうございます。密書を欲しがるとなると、おそらく背後には、柳沢様がおられましょう。睨まれれば、今の葉月家では潰《つぶ》されます」

「このままでは、竹内の命が危ない。ほんとうに、吉良の密書はないのか」

「少なくともそれがしは、存在を知りませぬ」

五郎兵衛が言うなら、ほんとうにないのだ。

虎丸は、どうするか考えた。

五郎兵衛や伝八とも協議を重ねたが、夜が明けても、答えは出なかった。

沈黙が続く中、伝八が外を見て言う。

「時がございませぬ。ここはやはり、偽の密書を作るしかないかと」

五郎兵衛が異を唱える。

「どう書くのだ。もしも、赤穂や広島のことならば、柳沢様が吉良殿に指図をしたことへの返事かもしれぬ。下手をすると、すぐさま見抜かれるぞ」

伝八が険しい顔で顎を引き、また沈黙が続いた。

ずっと考えていた虎丸は、これしかないと思い、立ち上がった。

「出かける。伝八、裃《かみしも》を頼む」

五郎兵衛と伝八が顔を見合わせた。

五郎兵衛が訊く。

「どこへ行かれます」

「柳沢様のところだ。登城される前に会《お》うてもらう」

口をあんぐりと開けた五郎兵衛が、虎丸の前に座りなおし、顔を見上げる。

「若殿、何を仰せか。気でもふれられたか」

「五郎兵衛、わたしはこのとおり御屋敷言葉だ。いたって冷静であるぞ」

虎丸は笑って見せた。

五郎兵衛が心配そうに訊く。

「柳沢様にお会いして、何をされるおつもりか」

「吹石がわたしを襲った刺客の仲間なら、背後に柳沢様がいるかもしれぬと言っただろう」

「申しました」

「ならば、吉良上野介の密書がこの家にないことを分かってもらう」

五郎兵衛は焦った。

「ご家老を解放しろと、直《じか》に申し上げるおつもりか。そんなことをすれば、無礼者と成敗されます。行ってはなりませぬ」

「お前がやらせたのだろうなどと、言いはせぬ。助けていただくのだ」

「いったい、何をお考えか」

「話している時間はない。伝八、頼む」

伝八は戸惑いを隠せない。

「登城されたら、昼に間に合わなくなるぞ、早くしてくれ」

急《せ》かす虎丸に、伝八が言う。

「相手は柳沢様です。芸州弁がぽろりと出れば、そこで終わりですぞ」

「このままでは竹内の命が危ないのだ。家来を守れずして、何があるじか。わたしは船乗りだ。乗った船は沈めんと言うたはずだ。ぼろは出さぬ。信じてくれ」

虎丸の目を見ていた伝八が、応じて立ち上がった。

五郎兵衛は心配したが、着替えをすませた虎丸は、わずかな供を連れて屋敷を出ると、常盤橋《ときわばし》御門内に向かった。

柳沢は折よく在宅していた。

対応した用人は、急な訪問を無礼と言ったが、御家の一大事ゆえ、御大老格にお目通り願いたいと言って粘ると、ようやく入れてくれた。

通された客間で待つこと四半刻（約三十分）、裃の虎丸に対し、柳沢は着物に袖《そで》なしの羽織を着けた家着で現れ、裃を着けている虎丸に、不思議そうな顔をした。

虎丸は神妙に、平身低頭した。

「ご無礼をお許しください」

「よい。面を上げよ」

「はは」

虎丸は顔を上げ、眼差しを下げた。

柳沢が穏やかな口調で訊く。

「登城いたさねばならぬので手短にの。葉月家の一大事とは、いかなることだ」

「恥を忍んで申し上げます。昨日、得体の知れぬ輩《やから》に、家老の竹内を攫《さら》われました」

柳沢は、険しい眼差しとなった。

「それは、武家としては聞き捨てならぬことだ。何ゆえ、わしの耳に入れる」

「相手の要求が柳沢様に関わることでございますが、わたしには、とんと身に覚えのないことで困っております。本日はお手打ちを覚悟で、お知恵を賜りたく、まかりこしました」

虎丸はぼろを出さぬよう気を付けながら言葉を並べた。そして、懐から出した吹石の文を、柳沢の前に差し出した。

控えていた側近の富永太志が引き取り、柳沢に渡す。

目を通した柳沢が荒々しく文を投げ捨て、虎丸を睨んだ。

「そちは、竹内を攫い、密書を手に入れんとしたことを、わしの仕業と思うておるのか」

拾って目を通した富永が、怒気を浮かべた顔を向ける。

「葉月殿、無礼であろう！」

怒鳴る富永を涼しい顔で見た虎丸は、柳沢に頭を下げた。

「そのようなこと、露ほども思うておりませぬ。当家にない物を渡せませぬので、どうすればよいか分かりませぬ。どうか、お助けください」

畳を見つめる虎丸の頭上で、鼻先で笑う気配がした。

「面を上げよ」

言われるまま顔を上げると、柳沢は脇息《きょうそく》にもたれ、薄笑いを浮かべて虎丸を見ていた。

「この文をよこした輩は、噂に踊らされたようじゃな」

「噂、と申しますと」

「そちは長らく病に臥せておったが、諸大夫から赤穂義士の討ち入りのことは聞いておるか」

「はい」

「その討ち入り以来、わしが吉良と結託して赤穂を潰して塩田を奪い、さらには、広島藩の領地を奪おうとたくらんだなどと、つまらぬ噂をする者があとを絶たぬ。ゆえに、その文に書かれているような、吉良がわしに宛てた密書があると、まことしやかにささやかれておる。そのようなことが事実ならば、上様のお耳に入るとどうなる」

「見当もつきませぬ」

「世間では、いかにわしとて、ただではすまぬ。そうささやかれているはずだ。そちも、そう思うているのではないのか」

「…………」

問われて返答に窮していると、柳沢は表情を厳しくした。

「噂も長く続けば、ありもしないことをまことと信じる輩が出てくる。竹内を攫《さろ》うた者どもは、諸大夫が密書を持っていると信じ、手に入れてわしを脅せば、金になるとでも思うたに違いない。つまらぬことを仕組んだものよ」

「では、密書は存在せず、ただの噂でございましたか」

「いかにも。わしには、まったく身に覚えがないこと。密書のことは、赤穂義士のことをもてはやす者どもが作り上げた、ありもしない話だ」

柳沢は、手を打ち鳴らした。

すぐに横手の襖が開けられ、武者隠しから二人の侍が出てきた。襷《たすき》をかけ、大刀を帯びた二人が柳沢を守って立ち、虎丸を睨む。

凄《すさ》まじい剣気を感じた虎丸は、死を覚悟した。

「ご無礼のだん、平にお許しください」

「勘違いをいたすな。噂とは申せ、わしのことで竹内が攫われたのは遺憾じゃ。このたびは助けてやる。この二人に、竹内を攫った不埒《ふらち》者を斬らせるゆえ、案内いたせ」

虎丸は、前に立つ二人を見た。

眼光鋭い二人は、柳沢が武者隠しに潜ませるだけあり、かなりの遣い手に違いない。だが、竹内の命など気にせず切り込むだろう。それでは竹内の命が危ない。

虎丸は、柳沢に頭を下げた。

「脅しの文にありますように、役人が行けば竹内が殺されます。助っ人はご無用にございます。お助けくださいますなら、御大老格様に一筆いただきとうございます」

「わしに何を書いてほしいのだ」

「つまらぬ噂に惑わされるな。脅しても、一文にもならぬ。そうお書きくださいませぬでしょうか。攫った者に見せ、あきらめさせます」

柳沢は鼻先で笑った。

「いいだろう」

側近の富永に支度させた柳沢は、文をしたためた。

「これを持って行け」

そう言って渡された文を、虎丸は一読する。

たとえ密書が実在したとしても、もはや、余の地位は揺るがぬ。竹内を即刻放さねば、逃げても日ノ本中に手を回し、必ず首をはねる。

文の初めは、葉月家に向けられた言葉に違いない。

そう思った虎丸は、文を押しいただき、懐に差し入れた。

「この御恩、生涯忘れませぬ」

「恩義など無用。御公儀のため、今与えられている役目に励め」

「身命を賭しまする」

虎丸は中腰になり、頭を下げたまま廊下に引くと、用人に従い、柳沢の前から去った。

鋭い眼差しを向けていた柳沢が、

「ひ弱に見えて、中身は大胆不敵な男だ」

そう吐き捨て、二人の侍を下がらせた。

入れ替わりに廊下へ現れたのは、白髪の老翁だ。

富永が頭を下げるのを一瞥《いちべつ》した老翁は、染みだらけの顔に不敵な笑みを浮かべ、柳沢の前に座った。

柳沢が、険しい顔で訊く。

「どう思う」

すると老翁は、垂らした前髪のあいだから険しい眼差しを向け、唇をゆがめて言う。

「殿を恐れぬ豪胆なところは、諸大夫譲り。証《あかし》を隠しておるくせに、今後手を出させぬために、懐に飛び込んできたに違いござらぬ」

「ふん」

柳沢は余裕だ。

「今さら吉良殿の密書が世に出たところで、わしの地位は揺るがぬ」

「慢心は、命とりですぞ。殿をよく思うておらぬ西ノ丸《にしのまる》様（徳川家宣《とくがわいえのぶ》）に密書が渡れば、厄介なことになるのでは」

老翁の忠告に、柳沢は不機嫌な面持ちとなった。

「宗雪《しゅうせつ》、さては貴様、葉月の家老を攫わせたな」

「はて、なんのことか」

とぼける宗雪に、柳沢は探る眼差しを向けた。だがすぐに、薄い笑みを浮かべる。

「まあよい。葉月の小せがれは、諸大夫が生前わしに申した証の存在も知らぬ様子ゆえ、今は生かす」

すると今度は、宗雪が探る眼差しを向けた。

「葉月定光を、気に入りましたのか」

「たわけ、諸大夫の息子ぞ」

「さよう。生かしておけば、いずれ、殿の邪魔になりましょうぞ」

「邪魔になるかそうでないかは、わしが決める。ここに乗り込んだ勇気に免じて、今は生かす。うまく使えば、わしにとってよいこともあろう。役にたたねば、潰すまでじゃ」

「その時の始末は、それがしにお命じください」

宗雪はそう言うと、部屋から出ていった。

去るのを見ていた富永が、柳沢ににじり寄る。

「殿、あの者は年老いたせいか、近頃は独断が過ぎまする。重用《ちょうよう》するのはいかがなものかと」

「宗雪は、わしを思うてすることじゃ。案ずるな、悪いようにはならぬ。それよりも、葉月の小せがれよ。攫われた家老をどう救うか、見ものじゃな」

「目を光らせましょうか」

「捨ておけ、いずれ分かることじゃ。それよりも登城だ。今日は、上様に呼ばれておるので、遅れてはならぬ」

柳沢は立ち上がり、支度部屋に向かった。

四

「放せ、わたしが行かずして、誰が行くのだ」

虎丸は、袴の裾《すそ》をつかんで放さぬ五郎兵衛に困った。

「五郎兵衛……」

「なりませぬ。相手が大人しく引き下がらなかった時、若殿は必ず、ぼろが出ます」

「ぼろゆうなや」

「ほら、言う端から出ました芸州弁が」

「ええけ放せ。わしが柳沢様に文を書いてもろうたんじゃけ、行かせてくれ。家来を守るのは殿の役目じゃろうが」

「殿のために命をなげうつ家来はおりますが、家来のために命を張る殿様など、今の世にはおりませぬ。ここは、我らにお任せを」

必死に袴を引っ張っていた五郎兵衛は、急に軽くなったので顔を上げた。すると、虎丸は袴の紐《ひも》を解いてすり抜け、逃げようとしていた。

五郎兵衛が飛び付いて両足首をつかんだので、虎丸は転び、畳でしたたかに顔を打った。

鼻を押さえて悶絶《もんぜつ》する虎丸の手から手紙が奪われたので、顔を向ける。

「伝八、返せ」

伝八は顔を横に振り、二歩下がって片膝《ひざ》をついた。

「それがしと六左にお任せください。必ずや、ご家老をお助けします」

そう言うと頭を下げて立ち上がり、廊下に出た。

「待て。六左はまだ傷が痛むよったじゃないか。斬り合いになったらどうするんや」

「わたしがお守りします」

伝八はそう言い、虎丸に頭を下げて走り去った。

「ああもう」

足にしがみつかれて身動きが取れない虎丸は、あきらめの息を吐いた。

「もう行ってしもうたけ、放せ」

「はは」

五郎兵衛は用心深く離れ、袴を差し出した。

むしるように取った虎丸が、五郎兵衛に言う。

「二人だけで心配じゃないんか。しかも六左は、傷が治ってないんで」

「若殿、他の者に聞こえます。お声を小さく」

それればかりを気にしているのかと思いきや、五郎兵衛は、顔色が悪くなっていた。

「声が震えようるじゃないか。心配なんじゃろう」

「よいのです。二人は必ず、ご家老を助けてくれます。ここは、信じて待ちましょう」

「ほいでものう」

「しっ、誰か来ます」

虎丸が口をつぐんで程なく、中庭を挟んだ先の廊下に家来が現れ、急ぎ足で回ってきた。

「ご用人、双井屋《ふたいや》のあるじが来ました」

「何、判太郎《ばんたろう》が？　用向きはなんじゃ」

「借財のことだそうです」

「しまった、今日であったか」

慌てる五郎兵衛に、虎丸が屋敷言葉で訊く。

「借財が、いかがした」

「今日は、利息を支払う日なのです。ご家老がおられぬので、金蔵の鍵が……」

「勘定方がするのではないのか」

「ご家老が一切を仕切っておられますので、勝手に開けられないのです」

亀婆から商売の厳しさを聞いていた虎丸は、まずいと思った。

「払わなければ、貸した分をすべて返せと言うかもしれぬ。金蔵を開けろ」

「いや、しかし」

五郎兵衛が不安そうな顔をするので、虎丸が肩をつかんだ。

「今は躊躇《ためら》っている場合ではない。金蔵を開けよ」

「はは」

立ち上がった五郎兵衛が、ふと思いついたように振り向き、小声で言う。

「誰もおらぬからと言うて、出てはなりませぬぞ」

言われて虎丸は、よい折だと思った。顔に出さぬように気を付け、五郎兵衛に顎を引く。

「分かっている」

「では」

五郎兵衛は、家来を連れて表御殿へ行った。

障子を閉め切った虎丸は、納戸に入って急いで無紋の着物に着替え、裏庭に出た。

誰もいないのを確かめて壁際に走り、植木の陰に潜む。

下働きの女が、笊《ざる》を抱えて味噌《みそ》小屋に行くのが見えた。虎丸は、小屋に入った隙に走り、裏木戸から路地へ出ると、頭巾《ずきん》で顔を隠し、町に急いだ。

今日は忘れずに財布を持っている。

町角で立ち話をしていた駕籠《かご》かきを見つけて、声をかけた。

「お兄さん、昼まであと何刻ある?」

話を止められた駕籠かきたちが、怪訝《けげん》そうな顔をした。

一人が答える。

「一刻（約二時間）ほどありますが」

「すまんが、浅草たんぼまで行ってくれ。昼までに行けるか？」

「浅草田んぼの、どこまでです？」

「地蔵がある空き家、としか分からんのじゃけど。知っとる？　田んぼの中にあるらしいんじゃが」

「そいつは、行ってみないとなんとも。近辺ならここから半刻もかかりませんので、行ってみやすか？」

「頼む。できるだけ急いでくれ」

「がってんだ。おう、ひとっ走り行くぞ」

相方にそう言った駕籠かきは、虎丸に乗るよう促した。

虎丸を乗せた駕籠かきは、息を揃えて町中を走り抜ける。

言ったとおり半刻かからず到着したと言う駕籠かきたち。

降りた虎丸は、田んぼと畑が広がる景色に戸惑った。

「ほんまに、ここは江戸なんか」

「浅草たんぼですぜ、旦那《だんな》。遠くに見えるのが、新吉原《しんよしわら》で」

土塀で囲われた中に集まる建物の屋根が見える。

「あれが、世に名高い遊郭か」

そのあいだに、相方が聞き込みをして戻った。

「地蔵がある空き家は、このあぜ道をまっつぐ行ったところの突き当たりを右に曲がって新吉原のほうへ行くとあるそうです」

何軒かある農家に隠れて、その家らしき物は見えない。

「行きやしょう」

駕籠かきが促したが、虎丸はここでいいと断り、求められた代金に酒手《さかて》を上乗せして渡した。

「こりゃどうも」

喜んだ駕籠かきたちは、駕籠を担いで、軽い足並みで帰っていった。

芸州正高《まさたか》の小太刀《こだち》を仕込んでいる大刀を帯に差した虎丸は、言われたとおりにあぜ道を進み、突き当たりを右に曲がった。

地蔵を探しながら歩いていると、背後から走ってくる足音がしたので振り向いた。

頰かむりをした百姓の男が立ち止まり、虎丸に会釈をしてきた。

先を急いでいる風なので道を譲ってやると、男は申しわけなさそうに頭を下げ、横を走り抜けた。

背中を見ながら歩んでいると、男は道端の農家に入った。

その農家の前にさしかかった虎丸は、家の戸口で子供を抱き上げる男を見て、早く帰りたかったのだと思いつつ通り過ぎた。

目印の地蔵は、そこから程なくのところにあった。

「これか」

立ち止まり、眼差しを向ける。

脇道の先にある古い家をうかがう。

静かなので、裏手に回ろうとした時、

「やめろ!」

叫び声がした。

何かを叫ぶ声がして、六左と伝八が表の戸口から出てきた。二人の浪人風が追って対峙《たいじ》し、続いて、竹内の首に刃物を当てた巨漢の吹石が出てきた。

虎丸は咄嗟に地蔵堂の陰に隠れ、様子をうかがった。縄で縛られた竹内は顔に殴られた跡があり、腫《は》れている。

刃物を当てられていても真顔なのは、肝が据わっている竹内らしい。

自分が痛そうな顔をしていた虎丸は、どう助けるべきか考えた。

伝八が言う。

「待て、このようなことをしても、どうにもならぬ。ご家老を放してくれ」

「黙れ！　つまらぬ小細工をしおって。このような物、偽物に決まっておる！」

仲間の浪人が怒鳴り、柳沢の文を投げ返した。

「偽物ではない。殿が柳沢様から直に頂いた文だ。吉良上野介の密書など、当家にはない。もう一度よく見ろ。花押はまぎれもなく、柳沢様のものだ」

伝八が文を広げて見せる。

耳を貸さぬ浪人が抜刀して構えたので、伝八は下がった。

浪人が刀を構えて伝八に迫ろうとしたので、虎丸は大声をあげた。

「おいお前ら！」

浪人が止まり、虎丸を睨む。

「誰だ貴様！」

「わしは芸州虎丸じゃ！　人がせっかく地蔵様に手を合わせよったのに、何をごちゃごちゃもみょうるんや！」

「お前には関わりのないことだ、怪我をしたくなければ去れ！」

「どう見てもお前ら、人質を取って脅しょうるじゃないか。わしゃ芸州虎丸じゃけぇ、見逃せん」

　刀を向けている浪人を止めた馬面の浪人が、虎丸に言う。

「先ほどから芸州虎丸と繰り返しているが、なんだと言うのだ。頭巾など着けおって、世直しをする英雄気取りか」

「なんとでも言え」

　歩みを進めた虎丸は、驚きを隠せず棒立ちしている伝八から文を取り、一度目を通して吹石に向けた。

「ゆうとくが、こりゃ本物で。お前ら武家のくせに、柳沢様の花押を見たことがないんか」

　虎丸とて、文をもらって初めて見ていた花押だが、誇りを重んじる武家の心情をついてやると、吹石が挑む顔をした。

「知っておるに決まっておろう」

「だったら、この人ら《たち》あを脅しても無駄ということじゃろうが。吉良上野介の密書の噂はわしも聞いたことがあるが、ありゃお前、作り話で。芝居のネタに、誰かが作った話を本気にして金にしょう思うたんなら、お前らほんま、あほじゃのう」

「黙れ！」

「悪いことは言わん。捕まえとる侍を放して去れ。そしたら、悪事に目をつむっちゃる」

「うるさい！　関わりのないお前こそ去れ！　さもなくば」

竹内の喉に刃を押し付けたことで薄皮が斬れ、血が流れた。

顔をしかめる竹内を引き寄せた吹石が叫ぶ。

「葉月家の者ども、家老を殺されたくなければ千両持って来い。行け！」

虎丸が一歩出る。

「ええかげんにせぇよお前ら。この文を見て金にならんことが分かったけぇゆうても、自棄《やけ》になったらいけん」

「貴様、何を言うている」

「柳沢様を脅そうとしたか、はたまた、本物の密書をもってくれば金をやると言われたか、どっちじゃ」

吹石は目を泳がせた。

虎丸が訊く。

「お前ら、柳沢様の手下か」

「違う！」

鎌をかけた虎丸は、否定する吹石の表情を見て、柳沢に指図されて動いたのではないと察した。

繋がっていないとなると、やはり金目当てか。

虎丸は勝負に出た。

「おい、もういっぺん文をよう読め。たとえ密書が実在したとしても、もはや、余の地位は揺るがぬ。竹内を即刻放さねば、逃げても日ノ本中に手を回し、必ず首をはねる。ゆうて書いてあろうが。天下の大老格を侮っとると、ほんまに命を取られるで。お前らに家族はおらんのか。このままじゃ、家族も捕らえられて首をはねられるで」

吹石は焦り、顔が真っ青になった。

「黙れ、黙れ黙れ！　悪いのはこの竹内だ。太いからと言うて、ろくに話も聞かずに追い返したのが悪いのだ！　金だ。金を持って来い！」

虎丸は引かぬ。

「金に困っとるようじゃが、借財でもあるんか」

吹石は泣きそうな顔をした。

「黙れと言うておろう！」

「人質を取らにゃ何もできんくせに、偉そうに言うなや」

吹石は怒りに頰を引きつらせた。

このままでは竹内が危ないと思った伝八が止める。

「双方とも、落ち着いて」

虎丸はさらに言う。

「おいでかいの。文句があるなら、人質を放してわしと勝負せぇや。仕官したいなら、その人に強いところを見せてみい。貧乏旗本に千両なんか求めても無駄じゃけ、わしを倒して、仕官させてもらうほうが近道ぞ。のう、人質の人」

虎丸は、顎を引け、と、目顔で訴えた。

竹内は不服そうな顔をして応じない。

「刃物があったんじゃうなずけんか。瞬きをしんさい。おいでかいの、今の見たか、分かったゆうてよってじゃ。えかったのう」

瞬きをしていないのに虎丸が言うので、竹内は唸《うな》った。猿ぐつわを嚙《か》まされているので、何を言っているのか分からない。

虎丸がさらに言う。

「早よせぇよってじゃけ、でかいの、かかって来いや。それとも、わしが恐ろしいんか」

挑発に吹石は怒り、真っ赤な顔をして竹内を突き放すと、大刀を抜いた。

「どいつもこいつも人を馬鹿にしおって。許さん！」

気合をかけて迫り、刀を振り上げて斬りかかった。

袈裟懸《けさが》けに打ち下ろされる太刀筋は、身体が大きいだけに力強く、それでいて鋭い。

小太刀を抜いて受け止めた虎丸は、体当たりをされ、後ろに飛ばされた。

小太刀をにぎる右手がじんじんする。

これほどの遣い手とは思わなかった虎丸は、追って斬りかかる吹石の刀を受けずに体《たい》をかわして空振りさせ、肩を峰打ちした。

虎丸の一撃は凄まじいはずだが、肩の肉が分厚い吹石には効き目がない。

「おりゃあ！」

裂ぱくの気合をかけた吹石が猛然と迫り、大上段から幹竹《からたけ》割りに打ち下ろした。

それより一瞬早く懐に飛び込んだ虎丸は、頭上に刀をかわして横をすり抜けざまに、吹石の手首を峰打ちした。

刀を落とされた吹石が、怒りに吠え、近くにあった大きな石を持ち上げた。

鬼のように顔を真っ赤にして、頭上に振りかざす。

その怪力ぶりに、虎丸は目を見張った。

「待て！　投げるな！」

言っている内に投げてきた。

かろうじてかわした虎丸。石は背後の家の土壁を突き破り、大きな穴が空いた。

吹石が別の石を探し、人の頭ほどもある石を片手で持ち上げようとしたので、虎丸は一足飛びに迫り、小太刀を振るって、ふくらはぎを峰打ちした。

「うお」

驚いたような声をあげた吹石が、打たれた右足を跳ね上げてころび、ふくらはぎを押さえて悶絶した。

虎丸は、額に脂汗を浮かべて苦しむ吹石が落としていた刀を蹴《け》り飛ばし、眼前に切っ先を向ける。そして、助けるため虎丸に斬りかかろうとした馬面の浪人に、鋭い眼差しを向ける。

「こいつの目玉を刺すぞ！」

びくりとして下がった馬面が、刀を下ろして虎丸に手のひらを向ける。

「参った！　だから、許してくれ」

刀を捨てた馬面から眼差しを転じると、もう一人の仲間が慌てて刀を捨て、虎丸に懇願する。

「許してくれ。その人は、ほんとうは家族思いのいい人なんだ」

「人を攫うて脅しといて、どの口がゆんじゃ」

「ほんとうだ。それがしたちはその人に何度も助けられ、世話になった。だから、力を貸したのだ。吹石さんは、どうしても仕官しなきゃいけなかったのだ。それが叶わぬと分かったから、せめてまとまった金を手に入れようと、密書の噂を信じていた者から話を持ちかけられて、乗っただけだ。家老に恨みはない。ですから、どうか刃物を引いてください。許してください」

「おい、都合がええことを並べるなや。話に乗ったゆんなら、持ちかけた奴はどこにおるんなら」

「家の中におります。おい」

応じた馬面が家の中に入り、程なく出てきた。

「いない。奴は裏から逃げた」

「そんな！」

驚いた浪人が確かめに入ったので、虎丸は、吹石の顔から小太刀を引き、鞘《さや》に納めた。

六左が竹内の縄を解き、猿ぐつわを取ると、吹石は地べたに額を擦り付けた。

「竹内殿、申しわけございませぬ！」

出てきた浪人が吹石のそばに行き、奴はどこにもいないと言う。

吹石は何も言わず、頭を下げたままだ。

二人の浪人はそれにならい、竹内に平身低頭した。

真顔で三人を見据えていた竹内は、面を上げさせると片膝をついたので、虎丸は驚いた。

どうしたのか訊く前に、竹内が三人に言う。

「わたしのせいで、つまらぬ誘いに惑わされてしまったようだ。このとおりあやまる」

「竹内殿……」

頭を下げた竹内に、吹石は驚いた。

「どうか、お手をお上げください」

竹内が顔を上げ、吹石に言う。

「江戸では雇えぬが、領地で身が立つようにする。さすれば、浪人と蔑まれることもなくなり、強引に里へ連れ戻された身重の妻女を、大手を振って迎えに行けるのではないか」

吹石は目を見開いた。

「竹内殿、なぜそのことをご存じか」

「おぬしの長屋に行く前に、蒲田屋治平から事情を聞いた。船手方としては雇えぬが、領地はこれから、開墾をはじめようとしている。そなたの怪力を、普請方として生かしてはくれまいか」

吹石は顔をくしゃくしゃにして、土をにぎりしめた。

「拙者の罪をお許しくださるばかりか、仕官をさせてくださるのか」

竹内は顎を引く。

「仲間の二人も、悪い人でないことは分かっている。吹石に恩を返すなら、悪事ではなく、当家の領地で、力にならぬか」

「仰せのままに」

馬面が即答すると、もう一人の浪人も続いた。

「吹石さんのお役に立てるなら、なんだってやらせていただきます」

「お前たち」

吹石は三人を見て、改めて、竹内に両手をついた。

「我ら三人、必ずや、お役に立ってみせまする」

あれよあれよと話が決まったことに面食らった虎丸は、竹内が見てきたので顎で示し、空き家の裏に誘った。

応じて来た竹内を壁に押し付け、角から首を伸ばして誰もいないことを確かめた虎丸は、面と向かって訊く。

「噂を広めるのをやめさせるためじゃのうて、領地で雇うつもりで、吹石に会いに行ったんか」

「初めは、やめさせるつもりでした。ですが、先ほど申しましたように、蒲田屋治平から吹石の事情を聞いて、雇ったほうが事が早く収まると思いなおし、誘うつもりで行きました。長屋を訪ねたところ、四人に囲まれ有無をいわさず捕らえられましたので、領地で雇うことを言おうとしたのです。ところがその前に、逃げた者が吉良上野介の密書を持って来させれば万両の金になると言いましたので、柳沢様との繋がりがあるのではと疑い、真相を探るべく、流れに身を任せました」

「馬鹿たれが。そがな無茶して、命を落としたらどうするんや」

「必ず助けてくださると、思っていましたので」

竹内がそう言って薄い笑みを浮かべ、すぐに真顔となる。

「しかし、わたしは間違っていました。まさか若殿が、柳沢様にあのような文を書かせるとは、思いもしませなんだ」

言ってもいないのに虎丸の仕業だと見抜いている竹内に、虎丸は一歩下がった。

「若殿こそ、無茶をなされる」

「それしか、思いつかんかったんじゃ」

「しかしながら、おかげで柳沢様には、当家に密書が存在しないと思わせることができました。吹石に宛てた文面は、暗に我らに示されたお言葉でしょうが、若殿が助けを求められたことは、裏で糸を引いた者にとっては、思いもしなかったことのはず」

「やっぱり、柳沢様がやらせたのか」

「逃げた者はおそらく、吹石を使い、密書の存在を確かめようとしたはず」

「逃げたもんの顔は、覚えとるんか」

「はい。若殿を襲ってきた者ではございませぬ」

「柳沢様は、怪しい家来を何人もかかえとるいうことか」

「柳沢様直々の命であるかどうかは分かりませぬが、このたびのことが吉と出るか凶と出るか。刺客のこともございますので、油断はできませぬ」

「密書は、ほんまにないんか？」

竹内は、虎丸に真っ直ぐな目を向けた。

「ございませぬ」

黙って顎を引く虎丸に、竹内が神妙に言う。

「瀬戸内で平穏にお暮らしだったあなた様を、このようなことに……」

「その先は言うな」

虎丸は言葉を切り、竹内の目を見て言う。

「一度乗った船じゃ。行きつく先がどこでも、途中で降りたりはせん」

戻るぞ、と言い、虎丸は表に向かった。

続こうとした竹内は、逃げた男が向かったであろう浅草たんぼの彼方《かなた》に眼差しを向けた。

振り向いた虎丸は、いつになく険しい面持ちをしている竹内を見て、まだ何か隠しているのではないか、という思いが胸をよぎる。

反省し、恐縮してばかりの吹石たちと別れた虎丸は、竹内らとは別の道を歩み、葉月家の屋敷に帰った。

六左が付かず離れず警固をしたことは言うまでもないが、途中何事もなく、屋敷に到着した。

待っていた五郎兵衛には、六左がすべてを話してくれた。

虎丸が行かなかったら危なかったと知り、抜け出したことへの小言を聞かずにすんだ。五郎兵衛の小言を聞くことになったのは、遅れて戻った竹内だ。

伝八と共に寝所に入った竹内に、五郎兵衛がかみついた。

「ご家老！」

大声にびくりとした竹内が、神妙な顔を向ける。

五郎兵衛は竹内の前に行き、声を震わせた。

「話は聞きました。今日のようなことは、二度とおやめくだされ。若殿が行かれなければ、命がなかったのかもしれませぬぞ」

「そう怒るな。わたしとて、吹石に捕まるつもりで行ったのではない。これは偶然、いや、悪くない結果を思えば、亡き若殿のお導きかもしれぬ」

「ですが、虎丸様が命を落とされては、密書がどうのと言う以前に、若殿のご遺言を守れませぬ。放っておけぬ虎丸様のご気性を、分かっておられないのですか」

「すまぬ」

素直にあやまる竹内に、五郎兵衛はそれ以上、小言を続けなかった。ひとつ息を吐いて肩の力を抜き、笑みを浮かべた。

「まあ、こたびは災難でしたが、虎丸様、いや、若殿が助けを求められたことで、柳沢様の密書に対する疑念は晴れたことでしょう。それがしも、そう思いますぞ」

安泰安泰、と楽観する五郎兵衛に、竹内は、先ほど空き家で見せた憂えの顔とは正反対の、明るい顔でうなずいている。

あれはなんだったのか。

虎丸は気になり、訊かずにはいられなかった。

「竹内、先ほど空き家で懸念があるように見えたのだが、何か他にも、気になることがあるのか」

するると竹内は、笑みを消して真顔を向けた。

「いつのことです」

「裏で話を終えたあとだ」

「はて」

竹内は考える顔をした。

「特にはございませぬが」

「竹内、わたしに嘘をつかんでくれ」

「嘘など申しませぬ」

五郎兵衛が割って入った。

「ひょっとしてご家老、借財のことが気になられましたか。今日は、双井屋判太郎が来る日でございましたな」

竹内は五郎兵衛に眼差しを向けた。

「借財のことは、若殿の耳には入れとうないと言うたであろう」

「そのことが気になっていたのか」

虎丸が問い詰めると、竹内は眼差しを下げた。

「あの時は新吉原が目に入り、双井屋のことを思い出しました。今日は、利息を返す日でございましたので」

五郎兵衛が膝を進める。

「利息は払いましたぞ」

竹内は五郎兵衛を見た。

「そうか。それは助かった。判太郎は機嫌よく帰ったか」

「はい。機嫌はようございましたが、ひとつ気になることを申しました」

「なんだ」

「絹問屋の沢屋《さわや》徳次郎《とくじろう》なる者が判太郎を訪ねて、当家の借財の利息分を肩代わりしようとしたそうです」

竹内はいつもの真顔になった。

「何ゆえだ」

「判太郎が断りますと、何も言わずに帰ったので真意は分からぬそうですが、あまりよい噂がないので、気を付けるようにとのことです」

虎丸が竹内に訊く。

「知っている者か」

すると竹内は、首を横に振った。

「初めて聞く名です」

「ごめんつかまつります」

家来の声がしたので、伝八が廊下に出た。表からの知らせを聞いて戻り、竹内に言う。

「ご家老、沢屋徳次郎が来たそうです。当家に、荷船の警固を頼みたいと、申しているそうです」

「さっそく来たか」

竹内は虎丸に頭を下げ、鋭い眼差しを上げる。

「真意を探ってまいります」

そう言うと、表御殿に向かった。

五郎兵衛と顔を見合わせた虎丸は、よい噂がないので気を付けるように、という判太郎の言葉が脳裏に浮かび、胸騒ぎがした。

第三話　誘惑

一

竹内与左衛門は、葉月家を訪ねてきた絹問屋・沢屋徳次郎を待たせている表御殿に渡り、客間に入った。

後に続いていた虎丸は手前で立ち止まり、すぐ背後にいる五郎兵衛の袖《そで》を引いて隣の部屋に入ると、襖《ふすま》のそばに座った。

五郎兵衛と重なるようにして襖に顔を近づけ、聞き耳を立てた。

虎丸がそこまで気にするのは、竹内が寝所を出てすぐ、五郎兵衛から徳次郎の悪い噂を聞いたからだ。

双井屋判太郎が五郎兵衛に教えたことによると、徳次郎は悪徳な高利貸しで町の人々を苦しめているばかりか、大金を貸している大名からは、利息を取らぬ代わりに安く買いたたいた領地の特産品などを江戸で高く売り、暴利を得ているという。

悪い奴じゃのう。

教えてくれた五郎兵衛に思わず芸州弁が出た虎丸は、どのような悪人顔をしているか見てやろうと思い、竹内の後を追ってきたのだ。

息を潜めていると、襖一枚隔てた客間から、徳次郎の野太い声がしてきた。

「竹内様、急にお邪魔をして申しわけございません。これは、手土産でございます」

気になった虎丸は、襖を少しだけ開けた。

でっぷりと太った中年男の横顔は、顎《あご》の肉がだらしなくゆるんで首との境がなく、団子鼻は盛り上がった頰に埋もれて見える。

両手を膝《ひざ》に戻した徳次郎は、悪徳なことをしているとは思えぬ仏面で微笑み、真顔で対面している竹内に付け加えた。

「どうかご遠慮なさらず、お受け取りください」

引き取ろうと手を添えた竹内が、じろりと睨《にら》み、押し返した。

「菓子折りにしては、重過ぎるようだが」

「はっはっは。お武家様が好物のあんこが、たっぷり入ってございます。竹内様も、お好きでございましょう」

竹内は菓子折りから手を離し、真顔で問う。

「双井屋判太郎に、当家の利息を肩代わりすると申したそうだが、何ゆえだ」

徳次郎が姿勢を正し、神妙に両手をついた。

「葉月様が御公儀から川賊改役を拝命したと聞き、本日はお願いに上がりました。どうか、手前どもの荷船をお守りいただきとうございます」

「知ってのとおり、川賊改役は江戸の川を守るための役目。ひとつの商家のみを守ることはできぬ」

「そこをなんとか」

「ならぬ。荷船を守りたいなら、用心棒を雇え」

「引き受けてくださるなら、千両、いや、二千両出しましょう」

竹内は徳次郎を見据えた。

「ずいぶん大きく出たが、さては、運ぶ荷はまともな物ではあるまい。このような賄賂《まいない》をよこして、当家を抱き込むつもりか」

菓子折りの蓋を開けてひっくり返すと、まんじゅうと小判が出てきた。

徳次郎は、穏やかに笑う。

「竹内様、食べ物を粗末になさってはいけませせぬ」

徳次郎はまんじゅうを丁寧に拾い、小判を重ねた。ざっと、二百両はある。

見ていた虎丸は下がり、五郎兵衛に耳打ちした。

目を見張った五郎兵衛が声をあげようとしたので口を塞《ふさ》いだ虎丸が、行け、と言って、背中を押した。

ほんとうにですか？　と、声に出さず口真似をする五郎兵衛に、手を振って指図する。

五郎兵衛はしぶしぶ、廊下に出た。

襖の隙間から見ていると、五郎兵衛は竹内たちがいる廊下で片膝をついた。

「ご家老、お耳に入れたきことがございます」

応じた竹内は、徳次郎を待たせて廊下に行き、五郎兵衛に耳を貸す。

虎丸の伝言を受けた竹内は、驚いた顔を五郎兵衛に向けたが、考えを改めたらしく、分かったと応じて徳次郎の前に戻った。

「警固のことは、明日返事をする」

脈があることに、徳次郎は明るい顔をした。そして、畳みかけるように言う。

「義賊などと言われていい気になっている川賊が恐ろしくて、仕事になりませぬ。三日後には、手前どもにとって大切な荷が上方《かみがた》から届きます。あれを奪われますと、手前どもは家族皆、首をくるくることになります。善良な商人をお守りください。どうか、どうか」

頭を畳につけて懇願する徳次郎を見くだしていた竹内は、僅《わず》かに開いている襖に厳しい眼差《まなざ》しを向けた。そして、徳次郎に言う。

「とにかく明日だ。今日は、これを持って帰れ」

「ははあ」

徳次郎は賄賂の品を風呂敷に包んで抱え、竹内の前から去った。

腕組みをして息を吐いた竹内が、目をつむる。

「これで、よろしいのですか」

言われて、虎丸は襖を開けた。

竹内と膝を突き合わせ、手を合わせる。

「よう言ってくれた」

「川賊を恐れる気持ちは誰しも同じこと。賄賂をよこしてまで川賊改役に警固をさせようなどと、手前勝手が過ぎます。あのような者の頼みを、何ゆえ聞くのです。当家の借財を気にしておられるなら、いらぬことですぞ」

「そうではない。徳次郎は穏やかそうにはしているが、おそらく腹の中は真っ黒だ」

「それが、何か」

「五郎兵衛から聞いた。徳次郎は高利貸しで人を苦しめているそうではないか」

「いかにも」

「そのような悪い噂のある者の荷を、今世間を騒がしている川賊が放っておくと思うか」

竹内は目を見張り、五郎兵衛が四つん這《ば》いで近づいてきた。

「若殿、まさか、川賊を捕らえるために受けられるおつもりか」

虎丸は五郎兵衛に顎を引いた。

「義賊と言われている川賊は、評判のよくない徳次郎の荷を狙うはずだ。頼みを受けて密着していれば、向こうから来る」

「そこを、捕らえる」

竹内が言ったので、虎丸はうなずいた。

しばし真顔で沈黙した竹内が、虎丸に眼差しを向けた。

「柴山と高里ならばやってくれましょうが、当家は控え。正規の川賊改役の許しを請う必要があります」

言われて思い出した虎丸は、肩を落とした。

「そうだった。妙案だと思うたのだがな」

「あきらめるのは早《はよ》うございます。これよりお頭を訪ねて、相談してまいります」

竹内が立ち上がったので、虎丸は驚いた。

「わしの考えに賛同してくれるんか」

芸州弁を出す虎丸を、竹内がじろりと睨む。

「場所をわきまえられよ」

「すまん」

あやまる虎丸のそばから離れた五郎兵衛が廊下に出て、誰もいないことに胸をなでおろしている。

恐縮する虎丸を残して出かけた竹内は、夜遅く帰ってきた。

ほのかに酒の匂いをさせ、頰を赤くしている姿に、共に寝所で待っていた五郎兵衛が言う。

「お頭の鬼塚《おにづか》様は、無類の酒好きと聞いています。付き合わされましたか」

竹内は酔った目を五郎兵衛に向け、どかっ、とあぐらをかいて座り、辛《つら》そうな息を吐いた。

「飲み過ぎたのか」

訊《き》く虎丸に、竹内は満面の笑みを浮かべた。

「はい」

明るく答える竹内を初めて見た虎丸は、なんだか嬉《うれ》しくなった。

「普段は小難しい顔をしとるけど、酒を飲んだら陽気になるんじゃのう」

竹内が虎丸の顔を指差す。

「若殿、芸州弁はなりませんぞ」

そこは厳しい竹内に、虎丸は閉口した。

「かなり飲まされましたが、とことん付き合った甲斐《かい》があり、徳次郎の警固をするお許しをいただきましたぞ」

どんなもんだという顔をする竹内。

人は酔うと本性を出すと言うが、虎丸は心配になった。

「竹内、大丈夫か」

赤い顔の竹内が、下唇を出して顎を引く。

「明日は柴山と高里に命じて、沢屋へ行かせますぞ。それで、よろしいか」

「うん。それでいい。あとはわたしと五郎兵衛が策を練っておくから、戻って休め」

「よろしいか！」

大きな声で言った竹内は、白目をむいて大の字になった。

「おい、竹内」

驚いて肩をゆする虎丸に、もう飲めないと言い、いびきをかきはじめた。

五郎兵衛が、ため息混じりに笑う。

「よほど飲まされましたな。鬼塚様は、一人で酒樽《さかだる》を空にすると噂のあるほどの酒豪ですから、無理をなされたのでしょう」

説得に動いてくれた竹内の気持ちが嬉しくなり、起こさずに布団をかけてやった。

虎丸は五郎兵衛と策を練り、そのまま雑魚寝《ざこね》をした。どれほど眠った頃か、身体を揺すられたので目を開けると、すでに部屋は明るくなっていて、青い顔をした竹内が目の前にいた。

「若殿、醜態をさらしました。お許しを」

眠ってしまったことに、自分でも驚いているようだ。

虎丸は笑った。

「気にするな。それより、昨夜のことは覚えているのか」

「寝所に戻ったところまでは覚えています。鬼塚様のことを、話しましたか」

「うむ。警固をお許しくだされたことは聞いた」

「川賊のことは申しましたか」

「それは聞いていない」

竹内は真顔で顎を引く。

「鬼塚様は先日、今世間を騒がせている川賊を取り逃がしたそうです」

虎丸は驚き、正座した。

「賊は、速い船を持っているのか」

「確かに速いそうですが、それにも増して、船上での戦いに優れており、鬼塚家屈指のご家来衆が、ことごとく川に落とされたそうです」

「死人は」

「出ておりませぬ」

虎丸は安堵《あんど》の息を吐いた。

「鬼塚様のご家来には、溺《おぼ》れかけたところを助けられた者がいるそうで、やりにくいと、苦笑いをしておられました」

捕らえることを張り切っていた虎丸は、動揺した。

「噂どおり、人を殺《あや》めず、悪人から荷を奪う義賊というわけか。なんか、捕らえようとする役人のほうが悪いみたいなのう」

竹内は顔を横に振る。

「弱気はなりませぬ。荷主が悪人だとしても、運ぶ荷船屋のほとんどは善人です。船乗りたちを守るためにも、川賊の蛮行を許してはなりませぬ。鬼塚様も、いつか死人を出すのではなかろうかと案じておられました」

「そうだな。うん。やはり、賊は賊だ。捕らえよう」

「ではこれより、高里と柴山に命じますが、伝言はありますか」

「二人には、直《じか》に会って話したい。よいか」

竹内は顎を引いた。

「よろしいでしょう。では、昼までには来させますので、お支度を」

「分かった」

竹内は頭を下げ、寝所から出ていった。


大川で早船に乗って鍛錬をしていた高里と柴山が屋敷に来たのは、一刻半（約三時間）後だった。

大広間の上座に座る虎丸に揃って頭を下げる二人は、引き締まった面持ちをしている。

竹内が虎丸に、役目の下話しを終えていると教えた。

顎を引いた虎丸は、二人に面を上げさせ、芸州弁が出ないよう言葉を選んだ。

「当家の船はどうだ。速いか」

げじげじこと、高里が明るい顔をする。

「素晴らしく速い船でございます。漕《こ》ぎ手も慣れて、自在に操ってくれますので、川賊がいかなる船で来ても、負ける気がいたしませぬ」

白鼠こと、柴山が続く。

「さよう。捕り方もなんとか船上で動けるようになりましたので、いつでも行けます」

虎丸は笑みを浮かべる。

「それを聞いて安心した。竹内が申したとおり、明日から沢屋徳次郎の荷を守ってもらうが、二人に言うておきたいことがある。我らの相手は川賊のみ。よって、もし沢屋の荷に怪しげな物を見ても、その場は知らぬ顔をしておくように」

柴山が、険しい顔をした。

「沢屋は、法に触れる荷を運ぶのですか」

「そうと決まったわけではない。ただ、悪い噂があるので、念のため言うておく。今世を騒がせている川賊は、そういった法に触れる荷を狙って奪い、闇に流して金を得ている。沢屋が法に触れる荷を運べば、川賊は必ず、狙ってくる。そこを捕らえるのだ」

高里が得心した面持ちで言う。

「餌には手を着けるな。そういうことですね」

虎丸が笑みでうなずくと、高里は太い眉毛《まゆげ》を吊《つ》り上げて、嬉しそうな顔をした。

「殿はお若いのに、肝が据わっておられます。どうか早船に乗って、我らをお導きください」

ひ弱に接するよう言われていたのを忘れていた虎丸は、取って付けたように、咳《せき》をした。

空咳をしたつもりだったが、喉《のど》の奥がむず痒《がゆ》くなり、咳が止まらなくなった。

初めは芝居だと思っていた竹内と五郎兵衛は、虎丸が苦しそうなので顔を見合わせ、慌てた。

五郎兵衛が飛び付くように、虎丸のところに来た。

「若殿、いかがされた」

虎丸は大丈夫だと言おうとしたのだが、ねばい唾《つば》が喉にからんだように飲み込めず、咳が止まらない。

ご無礼、と言って額に手を当てた竹内が、険しい顔を五郎兵衛に向ける。

「すぐ医者を」

五郎兵衛が立ち上がったので、虎丸が腕をつかんだ。

「呼ばなくてよい。もう大丈夫だ」

「熱がございます」

竹内が言うので、虎丸は驚いた。自分の手を額に当てると、確かに熱い。それでも虎丸は医者を断った。

「ただの風邪だ。心配ない」

「では、寝所へお下がりください」

「分かった」

嘘がほんとうになったと思った虎丸は、苦笑いをした。

真顔の竹内は、五郎兵衛に託した。

応じた五郎兵衛が、下がりましょう、と言って手を引くので、立ち上がった虎丸は、心配そうに見ている高里と柴山に笑みで言う。

「今は早船に乗れぬが、いつか必ず乗る。このたびは、よろしく頼む」

「ははっ！」

揃って返事をした二人は、神妙に頭を下げた。

寝所に戻った虎丸は、五郎兵衛に言う。

「病弱にふるまうつもりが、ほんまに風邪をひいてしもうた。まあ、これでえかったか」

「笑い事ではございませぬ。風邪は万病の元。さ、横になってくだされ」

虎丸は言われるまま、敷物に肘《ひじ》をついて楽にした。

伝八が布団を敷くのを待って寝間着に着替え、五郎兵衛が持って来た薬湯を飲んだ。

苦さに顔をしかめながら器を返すと、五郎兵衛が心配そうに訊く。

「いかがでござる」

「苦いが、喉がすっとして楽になった。よい薬だな」

「折よく、台所にございました。奥方様が、お風邪をめされたそうで」

言った五郎兵衛が、疑う顔をした。

「もしやどこかで、奥方様に会われましたか」

「まさか」

月姫の付き人である高島を奥方と思い込んでいる虎丸は、何度も首を横に振る。

咳が出たので横になり、ひとつ大きな息をした。

「こんな時に風邪をひくとは、なさけない」

すると五郎兵衛が言う。

「奥方様は、神社に行かれた翌日にお熱が出られたそうです。若殿もきっと、屋敷の外でうつされたのでしょうな。浅草あたりで、流行《はや》っているのでしょう」

「風邪なら一晩眠れば治る。げじげじと白鼠が報告に戻るまでに、治さないとな」

虎丸はそう言い、布団で横になった。

二

役目を命じられた柴山と高里は、沢屋徳次郎の荷を守るため、交代で川に出た。

三日が過ぎても川賊は襲ってこず、沢屋も、悪い噂があるとは思えぬ仕事ぶりで、絹問屋としてまっとうに商売をしている。

徳次郎がだいじだと言っていた荷も無事に運び終え、さらに五日が過ぎた。

荷物は毎日上方から届くのだが、荷船屋の船乗りたちも明るく働き、また徳次郎も優しく接して皆から慕われ、怪しいところはまったくない。

これには、白鼠こと柴山が、薄い眉毛を寄せて難しい顔をした。

「高里、こう言ってはあれだが、殿とご家老は、徳次郎のことを思い違いされているようだぞ。悪い男には見えぬ」

二人は今、葉月家の下屋敷前に新たに建てられた船小屋で会っている。ひと仕事を終えて戻った柴山は、早船から降りるなり、出迎えた高里にそう言ったのだ。

明日は早船に乗ることになっている高里は、連日働いている漕ぎ手と捕り方たちをねぎらい、囲炉裏で温めている芋汁を食べるよう促した。

「聞いているのか、高里」

柴山に言われて、高里が振り向く。

「まあ座れ。まずは冷えた身体を温めろ」

芋汁をよそって差し出すと、柴山は素直に受け取って座り、ひと口すすった。

高里は自分の椀《わん》に汁を入れて柴山の正面に座り、目を細める。

「おぬしが言うことは分かる。だが、殿とご家老が間違っておられるとは思えぬ。徳次郎と沢屋の連中は、我らの目を気にして、今は大人しくしているだけかもしれぬ。そうだろう」

「まあ、確かに」

「徳次郎に悪い噂があるかぎり、そのうち悪事を働くかもしれぬ。その時は、義賊を気取る川賊も現れるはずだ」

柴山が箸《はし》を止めて顔を向ける。

「疑いたくはないが、殿とご家老の思い過ごしであれば、川賊は徳次郎が善人と知っているから襲ってこないのかもしれぬぞ」

高里が身を乗り出す。

「それは甘いぞ。よいか、川賊はこの半月、他のどこにも出ていない」

「確かにそうだが、それがどうしたと言うのだ」

「そろそろ金が尽きるはず。それがしはそう見ている。明日には奪いに来るかもしれぬぞ」

柴山が鼻先で笑った。

「自分の番の時に出てほしいと願っているだけだろうが」

「ばれたか」

高里は笑い、すぐに、真顔になった。

「出てくれば、それがしが必ず捕らえる。手柄を立てて、殿に喜んでいただくのだ」

柴山が顎を引き、眼差しを下げた。

「喜んでいただく、か。殿の具合はどうなのだろうか」

「そのことだ。気になったので、出かける前ご家来衆に訊《たず》ねたところ、熱も下がり、今は床払いをされたそうだ」

柴山は明るい顔で高里を見た。

「まことか」

「うん」

「それはよかった。口入屋の治平から、長いこと病に臥《ふ》せておられたと聞いたので、心配していたのだ。そうか、床払いをされたか」

嬉しそうな柴山に、高里が言う。

「ただの風邪だったらしい。奥方様も寝込まれていたそうなので、仲がよい証《あかし》だ」

柴山がじろりと睨み、口に下卑た笑みを浮かべる。

「貴様、何を想像して言うておる」

「夜は同じ部屋で休まれるのだから、当然うつるであろう。おぬしこそ、何を想像している。ははあん、口を吸うたとか、そういうのを想像しているな」

柴山は笑ってはぐらかし、話を変えた。

「沢屋のことだが、明日は品川沖で待っている船の荷を運ぶそうだ」

「品川か。では、朝が早いな」

「うむ。荷船屋もいつもの者ではなく、恵比寿屋《えびすや》だそうだ」

「恵比寿屋なら、守ったことがあるぞ。例の、だいじだと言っていた荷を運んだ日のことだ」

「なんだ、そうだったのか」

「うむ。前と同じ刻限でいいのだろうか」

「いや、明日は早く来るよう伝えてくれと頼まれた」

「そうか。では、暗いうちに出るとしよう」

顎を引いた柴山が、漕ぎ手と捕り方たちに言う。

「暗いうちに出るそうだ。今夜は早く休め」

酒を飲んでいた者たちが声を揃えて応じ、食事を続けた。

翌日は雲一つなく、下屋敷を出た時はまだ、星空が広がっていた。冷え込む大川をくだり、海に出た頃には、東の空から眩《まばゆ》い日が昇った。

品川沖には多くの千石船が停泊している。沢屋の荷を運んできた千石船は、前回と同じ場所に停泊していたので、迷うことなく近づいた。すると、人足たちはまだ、川船に荷を積み替えている最中だった。

寄せる早船の舳先《へさき》に立つ高里に気付いた船頭が、日焼けした顔に白い歯を見せて言う。

「あと一つで終わりますんで」

高里も笑顔で応じる。

「分かった。すぐに出るか」

「へい」

「行先はいつもの蔵だな」

「あっしらと前回行ったほうのことをおっしゃってます？」

「そうだ」

「へい。その蔵です。言っているうちに終わりましたんで、これから出ます。旦那《だんな》、今日もよろしくお願いします」

船頭が頭を下げると、配下の船乗りたちが揃って頭を下げた。

よく躾《しつ》けられていることに、高里は今回も感心し、気持ちよく警固についた。

五艘《そう》の荷船は一列に並び、一定の間隔を空けて大川を目指す。

早船の舳先に立つ高里は、捕り方たちとともに四方八方に目を配り、怪しい船がいないか警戒した。

この数日で見知った顔の船頭が操る荷船とすれ違うと、向こうから頭を下げてきた。

何事もなく大川に入ったので、高里はひと安心する。

足が遅い荷船に合わせているので、漕ぎ手たちは二人ずつ四組に分かれて交替で漕ぎ、ほとんど疲れを見せない。

やがて、永代橋《えいたい》が見えてきた。

その手前を左に曲がり、公儀御船手方の番所を右手に見つつ、堀川に入っていく。

蔵が並ぶ堀川をのぼり、南茅場町《みなみかやばちょう》と小網町《こあみちょう》をむすぶ鎧《よろい》ノ渡《わた》しを越えたところで右に曲がり、細い堀川に入った。

側面がぶつかるほど荷船がひしめく中、徳次郎の荷を運ぶ船も慎重に進んでいく。

高里は、前を行く船に近づくよう指図し、大切な船を他の船と接触させないよう用心した。舳先が当たりそうなほど近づけたのはもう一つ理由がある。荷を蔵に入れるまで手をゆるめず、警固をするためだ。

そんな中、気性が荒い船乗りの声が聞こえてきた。

「沢屋の仕事をする奴はいいなあ！　川賊改役に守ってもらえてよう！」

「お武家も金次第ということだ」

これには捕り方が怒った。

「我らは役目でしているのだ！　金など断じて受け取っておらぬ！」

そう叫ぶと、船乗りたちは、言ったのは自分じゃないとばかりに背を向けた。

長屋の暮らしが長かった高里は、捕り方に言う。

「町の声にいちいち腹を立てるな。身が持たんぞ」

「しかし……」

「いいから、見張りをしろ。この中にも、賊が潜んでいるかもしれないのだ」

捕り方は不服そうだったが、頭を下げ、あたりの警戒に戻った。

やがて荷船は、堀江町《ほりえちょう》一丁目の岸へ着けた。

石段の下で待っていた沢屋の者たちが荷船に乗り、荷を手際よく降ろして運ぶ。

早船を三番目の荷船に横づけさせた高里は、ここでも油断せず岸に上がり、四人の捕り方たちと手分けをして周囲を警戒した。

こちらの様子をうかがう怪しい者がいないか目を光らせていると、荷揚げの場から、

「気をつけろ！」

怒鳴り声がした。

何ごとかと目を向けると、人足の一人が荷を落としてしまい、沢屋の手代に叱られていた。しっかり縄で縛られているので蓋《ふた》は開いていないが、手代は目を吊り上げている。

「壊れていたら、ただじゃすまないよ！」

「すんません！」

「早く運びなさい！」

「へい。すんません！」

人足は急いで荷を運んだ。

「まったくもう」

目で追った手代が後に続き、蔵に入っていく。

荷は絹だと聞いていた高里は、手代の言葉に違和感を覚えた。

「壊れるとは、どういうことだ」

気になったので、蔵に向かって歩んだ。

次々と荷を運ぶ人足の邪魔にならないよう気を付けながら、目の前を横切った人足の肩越しに蔵の中を見ると、荷を解いて木箱を開けていた手代が、赤い物を取り出したのが見えた。

他の手代とその品物を見て、安堵の笑みを浮かべている。

手代が見てきたので、高里はさっと顔をそらし、堀川に向いた。

今見たのは、赤珊瑚《さんご》に違いなかった。

絹と偽って運ぶからには、まっとうな品ではあるまい。

抜け荷を疑った高里だったが、動かなかった。

怪しい荷を見ても、知らぬ顔をしろ。そう虎丸に命じられていたので、捕り方を集めて早船を下屋敷に帰し、自分は一人で葉月家の本宅へ向かった。一応、耳に入れておこうと思ったのだ。

だが、赤珊瑚を目の当たりにしても見ないふりをした行動がいけなかった。別の場所に隠れて様子を見ていた徳次郎の目にとまったのだ。

「どうしますか」

訊く番頭に、徳次郎は余裕の顔を向ける。

「奴は気が弱いところがあると言っていたな」

「はい。申しました」

「奴が使えるかどうか試す」

策を耳打ちされた番頭は、悪い笑みで顎を引き、その場を去った。

そうとは知らぬ高里は、考えながら葉月の屋敷へ向かっていた。

やはり沢屋は、殿とご家老がおっしゃるとおり、悪いことをしていた。となると、いつ川賊が襲ってきてもおかしくない。今日までは、運が良かったのだ。

大勢の人が行き交っている町中を歩いている時、目の前を歩いていた女をさけるように若い男が走ってきて、高里と肩が触れた。

右肩が後ろへ振られるほどの勢いだったので、高里はかちんときて、若い男を怒鳴った。

町人の若い男は焦った様子で手を合わせ、必死にあやまった。何度も頭を下げるので、高里はそれ以上怒る気にならず、

「前を見て歩け」

穏やかに言い、その場を離れた。

先を急いでいると、後ろから呼ばれた。

「高里様、お待ちを」

振り向くと、知った顔が、あたりを気にしながら小走りに寄ってきた。

用心棒を二人連れた三十路《みそじ》の男は、沢屋の手代の清三《せいぞう》だった。

徳次郎に可愛がられている清三は、遣いにでも出ていたのだろう。何か用かと問うと、清三は高里を引っ張って堀端へ寄り、瘦《や》せた顔に下卑た笑みを浮かべた。

「旦那、三十俵の捨扶持《すてぶち》で食うに困っておいでなのは同情しますが、盗みはいけません」

思わぬことを言われて、高里は眉間《みけん》に皺《しわ》を寄せた。

「なんの冗談だ」

「おとぼけになっちゃいけません。巾着《きんちゃく》をお取りになったじゃございませんか」

右の袂《たもと》を指差すので、高里は手を入れた。すると、見覚えのない巾着が入っていた。

「いつのまに」

つい出た言葉に、清三が詰め寄る。

「やっぱり、おやりになっていましたね」

高里は慌てた。

「違う。先ほどぶつかった男の仕業だ」

すると二人の用心棒が両脇を固めてきた。

逃がさぬ、という厳しい眼差しに、高里は知らぬことだと言ったのだが、用心棒たちは言いわけを許さなかった。

「武士の風上にもおけぬ所業」

大柄の用心棒が言い、小太りの用心棒が続く。

「さよう。川賊改役のくせに、情けない」

大柄の男がさらに詰め寄る。

「男の懐から巾着を抜くのをこの目で見た。お上に突き出してやる」

手首をつかまれたので、高里は振り払い、壁際に下がった。

「誤解だ。それがしはやっていない」

「旦那、言いわけはいけませんよ」

「清三、ほんとうだ。信じてくれ」

すると清三は、睨みつける眼差しで目の前に立った。

「ひとつ頼みを聞いてくれるなら、目をつむりましょう。なあに、たいしたことじゃございません。わたしの代わりに、今夜一晩、旦那様を警固してもらえませんかね」

「警固だと」

「はい」

もし断ってお上に突き出されたら、葉月家に迷惑がかかってしまうかもしれない。動揺してしまう自分の弱さがつくづくいやになるが、濡《ぬ》れ衣《ぎぬ》の主張が通る相手ではないと思った高里は、しぶしぶ応じた。

今すぐ店に戻れと言われて従った高里は、沢屋の小舟に乗って大川を渡り、徳次郎がいる本所の料理屋に連れて行かれた。

酒を飲んでいる徳次郎の帰りを警固するものだと思い、通された六畳間で待っていると、店の仲居が呼びに来た。

案内された部屋に入ると、徳次郎が待っていた。

沢屋の番頭甚平《じんぺい》が、徳次郎の前に置かれた膳《ぜん》に着くよう促す。

鯛《たい》の塩焼きが豪勢な膳に着き、高里はいぶかしい顔をした。

すると徳次郎が、薄い笑みを浮かべた。

「そう硬い顔をなさらず、まずは一献」

盃を差し出されたが、高里は受け取らずに訊く。

「さては、巾着は罠《わな》か。それがしをここへ呼ぶために、仕組んだな」

「なんのことです」

せた。


「とぼけるな！」

「まあまあ、そう熱くなりなさんな」

徳次郎が盃を引くと、番頭の甚平が来て、高里の横に絹の包みを置き、開いて見せた。

小判五十両の大金に目を見張る高里を見て、徳次郎は含んだ笑みを浮かべて言う。

「お前さん、葉月家では新参者だそうですね」

「それがどうした」

「三十俵の薄給では満足できないでしょう。これから言うことを聞いていただけるなら、幕閣の大物に仕官ができるよう、口を利いてあげますよ。その金は、手間賃です」

高里は、膝下に置かれている五十両を見た。

目の色をうかがっていた徳次郎が、番頭と目配せをして言う。

「先ほど蔵で、荷の中身を見ましたね」

気付かれていたことに、高里は鋭い眼差しを向ける。

「口を封じるために、ここに呼んだのか」

「その気ならば、今頃は大川の底ですよ」

「何！」

「まあ、落ち着いて。取って食うためにお呼びしたのではございません。高里様を見込んで、仕事を頼むためです」

黙っている高里に、徳次郎が続ける。

「今日運んだあれは、ほんの序の口。同じ物が大量に品川に到着しますので、蔵に運び入れるまで、役人はもちろん、川賊から守っていただきたい」

高里はじろりと睨んだ。

「あれとは、珊瑚のことか」

「はい」

「役人を恐れるということは、不当な手段で手に入れた抜け荷だな」

「はっはっは。人聞きの悪いことを言わないでください。貸した金を返さぬ大名から、利息のかわりにいただいた物ですよ」

「さては、その大名の領地から勝手に盗んだのか」

徳次郎は笑みを消し、高里を睨んだ。

「それより先は、訊かないほうがよろしいですよ」

「やはりそうか。それでは抜け荷も同じだ。加担などできぬ」

帰る、と言って立ち上がった時、襖を開けて、人相の悪い男が出てきた。着物の裾《すそ》を端折《はしよ》り、股引《ももひき》をはいている町人男は、懐から十手《じって》を出した。

徳次郎が子飼いにしているらしい目明《めあか》しは、意地の悪い顔で言う。

「旦那、町で巾着を抜いたことをあっしが御目付役に届ければ、まずいことになるのじゃないですかい」

高里は徳次郎を睨んだ。

「あれも、お前が仕組んだことか。言えるものなら言ってみろ。お前らこそ、抜け荷のことがばれるのだぞ」

徳次郎は鼻先で笑った。

「お上を恐れていたら、悪事なんぞできやしませんよ。いざという時は、江戸から逃げる手はずはできていますんで、お縄になんざなりません。旦那、一度きりです。たった一度きり手伝ってください。それで旦那は大金が手に入り、幕閣の家に仕官が叶《かな》うのです。巾着を抜いた盗っ人として捕らえられるか、懐を温かくするかは、旦那次第だ。どうです」

答え次第で、目明しはふんじばりにかかる腹でいるようだ。

つっぱねるべきところを、高里は弱気になり、迷ってしまった。

見逃さぬ徳次郎が畳みかけた。

「断れば、地獄を見ることになりますよ」

逃げられないと思った高里は、きつく目を閉じた。

「一度だけで、いいんだな」

「決まりだ。旦那、手はずを言いますので、座ってください」

応じて座ると、徳次郎が盃を差し出したので、高里は受け取った。

三

翌日は、同輩の柴山が当番だった。

沢屋のまっとうな荷を運ぶ荷船を守るために、暗いうちに下屋敷の船小屋から出ていった。

見送った高里は、大川のほとりを歩いて川下に向かう。すると、柳の木陰から提《ちょう》灯《ちん》を持った男が出てきた。

徳次郎の手下の案内に従って行き、待っていた船に乗る。

四人漕ぎの早船は、徳次郎が用心棒たちに使わせていたものだ。

川賊を恐れて警固をさせていたのだが、抜け荷の品を大量に運ぶとなると、警戒が厳しくなっている大川は危ない。そこで徳次郎は、高里を引き込むことを思いついていたのだ。

悪事を働く者は、仲間にできそうな者を探り出す嗅覚《きゅうかく》が優れている。

まんまと引き込みに成功したことで、用意周到な徳次郎は、葉月家の捕り方が着けている物と同じ着物を揃え、高里を待っていたのだ。

早船に乗った高里は、捕り方と同じ身なりをしている用心棒たちに驚いたものの、そのほうがやりやすいと思い、黙って舳先に立った。

「出せ」

これが葉月家の船なら、おう、と威勢のいい返事がくるのだが、徳次郎の手下どもは静かに船を出した。

抜け荷の品を積んだ船は品川沖にいた。

だが、柴山が向かった方角とは違うので、会う心配はない。

荷は川船に移し終えられ、迎えを待っていた。

近づくまでもなく手下が手を振ると、四艘の荷船は動きはじめた。よく見れば、昨日と同じ恵比寿屋の連中が荷船を操っていたのだが、表情がまるで違い、高里に向ける船頭の眼差しは、悪人の色をにじませていた。

今になって思えば、この者たちに観察され、葉月家の捕り方たちに対する態度など、押しが弱い気性を見抜かれ、徳次郎に知らせていたに違いない。

船頭が薄い笑みを浮かべて頭を下げてきたので、高里は応じず顔をそらし、川賊を警戒した。

何事もなく大川に戻ることができたのだが、永代橋を潜ろうとした時、左手から船手方の船が近づいてきた。

いち早く見つけた用心棒が、おい、と高里に声をかけ、顎で示す。

「行先は教えたとおりだ。間違えるな」

「分かっている」

高里は緊張した。

役人が乗る船は真っ直ぐ向かってきて、高里の船に並んだ。

「船手方だ。見ぬ船だが、貴殿はどこの御家中か」

舳先に立って訊く役人の顔を、高里は見知らぬ。

「それがしは、葉月家に仕える高里と申す」

「おお、川賊改役の」

「さよう」

「しかし妙だな。葉月家の早船は、先ほど沢屋の荷を守って堀川に入ったばかりだ。その荷船も、沢屋の物か」

「はい。今日は荷が多いため、川上にある別の蔵に入れることになったのです。荷は当家で改めていますので、ご安心を」

「そうか。あい分かった。ご苦労にござる」

互いに頭を下げると、船手方の船は舳先を転じ、川をくだって行った。

高里は、背中に汗をかいていた。

振り向くと、用心棒たちはほくそ笑んでいる。

「やるじゃねぇか」

手代の清三と一緒にいた大柄の用心棒がそう言って、先を急ぐよう指示を出し、船はふたたび、川上を目指して動き出す。

沢屋の蔵は、浅草今戸《いまど》村にあった。

大川に面した蔵は、荷船が横付けした船着き場から手早く運び込まれるようになっており、人通りもなく、見つかる心配はなさそうだ。

早く終わってくれ。

独り高里は、やきもきしながら見ていた。

やがて作業が終わり、恵比寿屋の荷船は川をくだって行った。

だが、高里が乗るはずの早船は漕ぎ手たちが戻らず、用心棒たちは飲みに行くと言って歩いて去った。

高里を気にする様子もないので、これで終わりだと思って帰ろうとした時、手代の清三が蔵から出てきて呼び止めた。

「高里様、ご苦労様でございました。確かに、荷を受け取りました」

「次はない」

そう言って帰ろうとしたが、清三が前を塞ぐ。

「旦那様が一献さしあげたいと申していますので、お付き合いくださいい。お礼もご用意していますので、ささ、まいりましょう」

「礼などいらん」

「まあそうおっしゃらずに。もらえる物はもらっておいたほうがよろしいですよ。あって邪魔になる物ではございませんでしょう」

笑顔が怪しいと思った高里は、

「行かぬ」

断って帰ろうとした。

すると清三の表情が一変し、悪人面になった。

「高里さんよう、甘いな、あんた」

「何！」

「だってそうだろう。五十両も懐に入れて、法に触れる品を運ぶ手伝いをしたんだ。あんたはもう、おれたちと同じ穴のむじなだ。次もやってもらうぜ」

「貴様、それでは話が違うではないか」

「一度甘い汁を吸ったんだ。がたがたぬかしていると、葉月家にばらすぞ」

「おのれ！」

刀に手をかけて抜こうとした高里だったが、背後に音もなく現れた用心棒に首の後ろを峰打ちされ、膝から崩れるように倒れた。

清三が見くだす。

「そう言うだろうと、旦那様はお見通しだ。運べ」

清三に応じた用心棒たちが高里を抱えて早船に乗せた。

散っていたはずの漕ぎ手たちが戻り、清三に見送られて岸を離れた。

どれほど気を失っていたのだろうか。

高里は、胸のあたりに違和感を覚えて、目を開けた。

視界に入ったのは、見知らぬ女の顔だ。柔肌に一糸まとわず、高里に抱きついている。

驚いて起き上がり、女から離れた。

色気のある眼差しを向けてきたが、動揺している高里は、部屋を見回した。

遊郭にしては、作りが地味だ。

「ここは、どこだ」

訊くと、女は身体を隠しもせず立ち上がり、壁際に下がっている高里の目の前に立った。

目のやり場に困る高里の顔を両手で挟み、唇を近づける。

「どこでもいいじゃないですか。あたしを好きにしてくださいな」

甘い香りがする女は唇を重ねてきたので、高里は顔をそらして突き放した。

きゃ、と女が声をあげた。

痛くしたかと焦った高里であるが、ここから逃げなければと思い立ち上がる。障子が開けられたので顔を向けると、徳次郎が入ってきた。

「旦那、誘う女を突き飛ばすのはやぼですよ」

「まあまあ、そう怒らずに。旦那、一度しか言いませんので、よく聞いてください。甘い汁を吸った旦那の罪は、消そうったって消えるものじゃない。ですが、手前に付いてくれれば、長生きできますよ」

徳次郎は女の腕を引き、高里の前に座らせた。

「大金も手に入り、いい女だって思いのままだ。このまま極楽を味わいながら生きるか、悪事に手を染めた罰で地獄を見るか、旦那次第ですよ」

目を泳がせる高里の動揺につけ込むように、女が手を取り、裸の胸に引き寄せた。

抗《あらが》わぬ高里に、徳次郎が微笑む。

「これからも頼みます。ごゆっくりお楽しみください」

下に礼金を用意していると言い、徳次郎は部屋から出ていった。

「騙《だま》された」

金に目がくらみ、一度きりだと思って悪事に手を貸してしまったことを悔いた高里は、いたたまれなくなり、冷えた酒をがぶ飲みした。

その背中に女が寄り添う。

「旦那……」

「徳次郎、貴様！」

身体を触る女に振り向いた高里は、美しさと柔肌に理性を失い、押し倒した。

一刻後に階下に下りた高里は、待っていた徳次郎から五十両を受け取った。

徳次郎が、下卑た笑みを浮かべる。

「旦那、お仲間になっていただいて嬉しいですよ。次もしっかり頼みますよ」

高里は顎を引き、ふたたび二階に上がると、金をすべて女に渡した。

大金に目の色を変えた女に、好きな物を買えと言い、下屋敷に帰った。

屋敷では、柴山と捕り方たちが集まり、談笑していた。黙って部屋に戻ろうとしたのだが、気付いた柴山が、どこに行っていたのか訊いてきたので、立ち止まる。

「飲みに行っていた」

すると、柴山は笑みを浮かべる。

「珍しいな。次はおれも誘ってくれ」

「ああ。飲み過ぎたので先に休む」

「おう」

疑いもしない仲間の笑顔に、高里は胸が苦しくなり、下屋敷の自分の部屋に向かった。

葉月家に仕官が叶い、下屋敷に入った日のことを思いだした途端に、騙された悔しさと、後戻りできない絶望に、こころが沈んだ。

この時浮かんだのは、若殿の穏やかな顔だ。

本宅で拝謁した時、期待をかけてくれた定光を想い、そして、徳次郎の荷を運ぶ自分が捕らえられた時のことを考えた。

悪事がばれて自分が捕まれば、葉月家はどうなるのだろうか。不行き届きを公儀から咎《とが》められるに違いない。

悪いことしか頭に浮かばぬ高里は、今頃になって己がしたことの重大さに気付き、咄嗟《とっさ》に、脇差《わきざし》を抜いた。

逃げたところで、一度犯した罪は消えぬ。ならば。

「死んでお詫《わ》び申し上げる」

声を絞り出し、諸肌《もろはだ》を脱いで脇差を腹に当てた。大きく息を吸い、力を込めようとしたその手が、背後から伸びた手につかまれて止められた。

振り向いた高里は、目を見張った。

四

表御殿の部屋に入った虎丸は、下座で平身低頭する高里を見ながら、上座に正座した。

夜中に帰った竹内から、高里が犯した罪を聞かされ、本人に会いたいと言ったのだ。

連日沢屋の荷を守って働く者たちを労うために下屋敷を訪れていた竹内は、思いつめた様子で廊下を歩く高里を見た。悩みを聞いてやろうと思い部屋に行ったところ、腹を切ろうとしていたので止めたのだという。

虎丸は竹内から、

「悪に手を染めた者を許すわけにはいかない」

そう言われていた。

本人にも、厳しい沙汰《さた》があるものと思えと言いつけている。そう竹内から聞いているので、頭を下げて微動だにしない高里のことが、覚悟をしているように見えた。

裏切られた落胆はあるものの、高里を死なせたくはない。

虎丸は、高里が下屋敷で腹を切ろうとしていたことを聞いた時、悪に引きずり込んだ徳次郎に腹が立ち、自分が捕らえると息まいたが、竹内に止められていた。

葉月家はあくまで川賊が相手だ。ここは町奉行所に捕らえさせるべきと言う竹内は、高里を死なせたくないと言った虎丸の意を受け、策を講じた。

その策を聞いて賛同した虎丸は、直に伝えるために、今こうして、高里の前に座ったのだ。

「面を上げよ」

声をかけても、高里は顔を上げなかった。

「どうか、首をはねてください」

声を震わせる高里に、虎丸は言う。

「そのほうを悪に導いた徳次郎をこの手で捕らえたいが、身体が弱いわたしにはできそうにない。そこで、そのほうに罪を償う機会を与えることにした」

高里は、驚いた顔を上げた。

「お許しくださるのですか」

「善良な者たちを巻き込んでいないことは救いだと思っている。死のうとしたそのほうの気持ちに免じて、償いの機会を与えることとした」

高里は両手をつき、懇願の顔をした。

「なんなりと、お申し付けください」

虎丸が顎を引くと、竹内がかわって告げる。

「このまま、徳次郎の仕事を受けろ。そして、抜け荷を運ぶ日を知らせるのだ。蔵に荷を入れたところを町奉行所に押さえさせ、悪党どもを捕らえてもらう。そなたは、船が岸に着いたらその場を離れろ。徳次郎の警固を受けた葉月家が悪事を知り、奉行所に通報するために、そなたは徳次郎の誘いを受けた。そういうことにする。よいな」

高里は目に涙を浮かべて、虎丸に平身低頭した。

虎丸は竹内と目を合わせ、安堵の笑みを浮かべた。そして、高里に言う。

「徳次郎があくどいことをする陰には、泣いている者がいる。そのことを忘れず、役目を果たしてくれ」

「ははあ」

「下がってよい」

応じて顔を上げ、中腰で下がる高里に、虎丸は声をかけた。

「死のうなどと、二度と思うな。よいな、高里」

高里はその場に正座し、頭を下げた。

「助けていただいたこの命、殿にお預けいたします。必ずや、お役に立ってみせまする」

見送った虎丸は、竹内に顔を向ける。

「やはり、わたしにも手伝わせてくれ」

竹内は真顔を横に振る。

「なりませぬ。あとは我らが動きますので、若殿は、一日も早く風邪を治してください」

「もうすっかり治っている」

言ったはしから咳が出たので、竹内が真顔を向ける。

「決して、外へ出てはなりませぬぞ」

虎丸はため息をつく。

「しつこい風邪だな。奥方はどうなのだ」

「方は付けなくてよろしいかと。薬が効いて、すっかりようなられたそうです」

細かいことを言う竹内に、虎丸は苦笑いをした。

「つい、付けたくなるのだ。しかし、治られてよかった。奉行所には、どう話をするつもりだ」

「高里が申しますには、徳次郎は目明しを飼いならしていますので、同心から耳に入らぬよう、御奉行に直に伝えるつもりです」

「町奉行に、直に会えるのか」

「葉月家を見くびりますな。申し出れば、わたしのような家老でもお会いいただけます」

「すまぬ」

詫びた虎丸は、竹内が熱くなっているのは、葉月家を守るためか、それとも高里に罪を償わせ、助けようとしているのか、その真意を訊こうとしたのだが、やぼなことはやめた。


一睡もできなかった高里は、身支度をして竹内の部屋を訪ねた。

「これより、沢屋に行ってまいります」

「くれぐれも、気付かれぬように」

厳しい口調の竹内に、高里は神妙に頭を下げ、屋敷を出た。

店を開けたばかりの沢屋に顔を出すと、番頭の甚平がほくそ笑んで顎を引き、手招きした。

案内された座敷で待っていると、徳次郎が上機嫌な様子で現れた。

「旦那、五十両をぽんと女にやるとは、太っ腹ですな。ずいぶん喜んでいました
よ」

「そのことだ。おれは女の名も、家も知らぬので来た」

「はっはっは。肌が恋しくなりましたか」

「まあな」

高里が片笑むと、徳次郎の顔から笑みが消えた。

「ほんとうに、手伝ってくれるのですね」

「地獄を見るのはごめんだからな。女の居所を教えてくれ」

「それは、後のお楽しみにいたしましょう」

「どういうことだ」

「一仕事やってもらいます」

さっそくきた。

緊張を気付かれないよう、高里は鼻息を荒くした。

「人使いが荒い奴だ。ほんとうに、終わったら会えるのだろうな」

「会えますとも」

「仕事はいつだ」

「旦那が非番なのはいつです」

「次は、明後日だ」

「では、その日の朝に同じ量の荷を運びます。前のように、船手方のほうもうまく頼みますよ」

「前回と同じにすればいいのだな」

「はい」

「分かった。くどいようだが、ほんとうに、女に会えるのだろうな」

「会えますとも。おさだも喜びます」

「おさだというのか」

高里はいかにも嬉しそうにふるまい、刻限と場所を再確認して沢屋を出た。

見送った徳次郎が部屋に戻ると、大柄の用心棒が待っていた。

驚いた徳次郎が、薄笑いを浮かべた。

「その顔は、気に入らないようですな」

「気に入らん。これまで荷は、この井口源十郎《いぐちげんじゅうろう》が守ってきたのだ。あのようなわけのわからぬ者に大金と女を与えて頼るなら、我らは手伝わんぞ」

「川賊が相手なら、お前さんと手下だけで十分だろうが、近頃は、小うるさい役人の目が迫ってきたのだ。力ずくでは通れまい」

「それはそうだが、信用できるのか」

「なあに、おさだに骨抜きにされているから、裏切りはすまい。それに、使うのはあと二度だけだ。最後の荷をうまく蔵に納めれば、法に触れる荷は当分ない。そのあいだに信用を取り戻せば、小役人などに頼ることはいらなくなる。最後の荷で得る物のことを思えば、高里に渡す金など、安い安い」

井口は徳次郎を睨んだ。

「用ずみとなったら、どうする。図に乗って、金をよこせと言うてくるぞ」

「そこは旦那の出番ですよ。仕事が終わったあかつきには、いつものようにしてください」

すると、井口が鼻で笑った。

「女と大金を与えたので、このまま子飼いにするのかと思っていたら、闇に葬るつもりだったのか」

徳次郎が、悪人顔で笑う。

「金に目がくらんで御家を裏切る役人なんてものは、仕事が終われば付き合うもんじゃない。一時極楽を見せてやったのですから、殺されても文句は言えないでしょう。旦那もいい加減、分かっていただかないと、毎度嫉妬《しっと》されたんじゃ、うんざりしますよ」

徳次郎にじろりと睨まれて、井口は動揺した。

「すまん。許せ」

徳次郎にかわって、番頭の甚平が言う。

「次の荷を運ぶのは明後日です。お仲間に伝えてください。これは、酒手です」

小判十両を渡されて、井口は任せておけと言い、懐に入れた。


二日後の朝、徳次郎の思惑を知るよしもない高里は、井口ら用心棒と同じ早船に乗って荷船を守っていた。竹内の通報で町奉行所が動いていることに緊張している。法に触れる品を入れる蔵が別のところにもあれば、策は台無しになる。柴山は、予定通り品川に向かっているため尾行をする船もなく、今はただ、前と同じ今戸の蔵に向かってくれることを祈るばかりだ。

「おいどうした。顔が青いぞ」

不意の声に顔を巡らすと、井口が探る眼差しを向けていたので、高里は胸の内を悟られまいとして、無理に笑みを作った。

「悪事に手を貸すのだ。緊張するさ」

「その面だと、この先の船手方に怪しまれる。荷を開けろと言われたら、おぬしを仲間にした意味がない。腹を決めてやれ」

「分かった。すまぬ」

高里は顔をたたいて気合を入れ、警戒に戻った。

四艘の荷船が大川に入ったので警戒を強めていると、行く先に止まっている荷船に横付けしていた一艘の小舟が、離れてこちらに向かいはじめた。

用心棒の一人が、指差して教えた。

「おい、こっちに来るぞ」

小舟は白い湯気を流しながら先頭の荷船をめがけて近づくので、用心棒たちは緊張した。

井口が命じる。

「早船を前に出せ。荷船に近づけるな」

応じた漕ぎ手たちが船足を早め、小舟と荷船のあいだに割って入る。すると、小舟の者が立ち上がり、手を振った。

「ひと休みしませんか」

大声で言いながら近づいてくる。

風になびいていた旗の文字が見えた。赤地に白字を染め抜かれたのは、大川でよく見かける甘酒屋の旗だったので、

「なんだ、甘酒屋か」

「脅かしやがって」

用心棒たちが言い、誰もが安堵した。

井口は気にもとめなくなり、腰を下ろした。

「先生方、今日は甘酒屋が来てくれたんで、一休みさせてもらいますよ」

荷船の船頭が言ってきたので、井口が面倒そうに手を振る。

「勝手にしろ」

「おーい、こっちに来てくれ」

船頭が大声で手を振ると、甘酒屋はへぇい、と返事をして、舳先を川下に向けて回り込みにかかった。

海からの追い風に乗って、湯気が流れてきた。

だがその時、鍋《なべ》から出ている湯気の色が変わった。湯気にしては濃く、黄色い煙

のように見えるので皆が注目していると、小舟を操る甘酒屋の男が、布で鼻と口を隠しているのが分かった。

高里は目を見張った。

怪しい。

そう思った時には、皆、海からの風に流れる煙を吸い込んでいた。

無臭なので、やはり湯気かと安心したのもつかの間、目の前の景色がぐらりと揺らぎ、高里は船底に倒れた。痺《しび》れる手を船べりにかけて起きようとしたのだが、霞《かす》む視界に、次々と倒れる用心棒たちが見えた。

「おのれ！」

気持ちはそう言っているが、口が動かない。やがて視界が狭まり、高里は仰向けに倒れた。

五

虎丸が異変を知ったのは、同じ日の夜だった。

徳次郎とその一味を捕縛するために、北町奉行所の連中と待ち構えていた竹内が、失意の表情で戻ってきたのだ。

「荷船が来んじゃと！」

虎丸は思わず大声をあげた。

「高里が裏切ったんか？」

竹内は、悔しそうな顔を横に振った。

「川賊です。やられました」

蔵にいた沢屋の連中が騒ぎはじめたので、町奉行所の与力が訊いたところ、荷船が川賊に奪われていた。

沢屋の早船に船頭や用心棒たちが折り重なるように倒れたまま流されているのが見つかり、船手方から知らせが来ていたのだ。

虎丸は目を見張った。

「高里は無事なんか」

「侍が一名ほど、名乗らず消えたらしいので、それが高里ではないかと」

「高里は、どこに行ったん」

「分かりませぬ」

寝所に重い空気が流れた。

しばし黙って考えていた虎丸は、竹内に訊く。

「やったのは、今世間を騒がせている川賊か」

「死人を出さぬ手口からみて、間違いないかと」

「高里は、油断しとったんじゃろうか」

「甘酒屋に成りすまして近づき、煙を吸わされた後のことは、誰も覚えていないそうです。こうなったのは、わたしの不覚です」

悔いる竹内を前に、虎丸は大きな息をして気持ちを落ち着かせ、屋敷言葉を意識した。

「悪いのは川賊だ。誰のせいでもない。それより高里は、どこに行ったのだろうか」

そればかりを気にしている虎丸に、竹内が真顔で言う。

「若殿に、顔向けできないのではないかと」

竹内の言葉どおり、翌朝になって、高里から文が届いた。

それは詫び状だった。

責任を取って命を絶つ遺書ではなかったのがせめてもの救いだが、葉月家に戻ることはできないと書かれており、高里が姿を消してしまったことに、虎丸は気持ちが沈んだ。

川賊を追って船に乗れないもどかしさに苛立《いらだ》ち、高里の文をにぎりしめた。

そんな虎丸に追い打ちをかけるように、柳沢の使者が来た。

虎丸と竹内を前に、富永太志が眉毛を吊り上げ、居丈高な態度で言う。

「北町奉行から話を聞かれた上様は、落胆されていたそうだ。控え、とはいえ、葉月家を川賊改役に推された我が殿の面目も丸潰《まるつぶ》れとなった。葉月殿、分かっておられるのか」

虎丸は神妙に両手をついた。

「面目次第もございませぬ。御大老格様に、いかなる罰も甘んじてお受けいたしますと、お伝えください」

竹内から仕込まれていた言葉をそのまま述べた虎丸は、深く頭を下げた。

竹内も平身低頭したので、富永は胸を張った。

「では、殿のお言葉を申し伝える。葉月定光殿」

「はは」

「貴殿と家来衆が不審に思うていることをすべて解決し、川賊もろとも捕らえよ。それまでは、登城を禁ずる」

虎丸が訊く。

「おそれながら、それは沢屋徳次郎を捕らえよとの仰せですか」

「もし沢屋なる者が悪事を働いているのなら、それも解決せよということだ」

不機嫌な富永に、虎丸は両手をついた。

「承知つかまつりました」

富永は不機嫌な顔で立ち上がり、しかと申し付けた、と言って帰った。

五郎兵衛が見送りに向かうのを目で追った虎丸は、頭を上げて竹内に言う。

「登城せずともよいのは、助かるな」

竹内が真顔を向ける。

「わたしの失策で、当家を上様から遠ざけたい柳沢に隙を与えてしまいました。申しわけございませぬ」

「あやまるな。わたしが高里を助けたいと言ったから、こうなったのだ。それに、登城しなくてすむのだ。秘密がある我らにとっては、都合のよいことになったと思おう」

「いえ、こたびの沙汰は、蟄居《ちっきょ》の一歩手前と言われたようなもの。同じ過ちを犯せば、改易ではすまされぬかもしれませぬ」

「腹を切らされるか」

「殿のお命を狙う者にとっては、願ってもないことかと。邪魔だてをしてくるやもしれませぬ」

虎丸は、笑った。

竹内が驚いた顔をする。

「笑いごとではございませぬぞ」

「悪いように考えれば、悪いようになる。こういう時は、笑って、いいように考えたほうがいい。そうすれば道が開ける。と、天亀屋《てんかめや》の亀婆が言うていた」

だが、戻った五郎兵衛が、笑えぬことを言った。

「表に徳次郎と番頭がまいり、奪われた荷を弁償しろと申して、これを置いて帰りました」

竹内が紙を受け取って目を通すなり、険しい顔をした。

虎丸が訊く。

「なんと書いてあるのだ」

竹内が眼差しを向ける。

「高里のせいで川賊に奪われたのは、大名家から預かった大切な荷だった。大名家に弁償を迫られているので、金を出せと書いています」

虎丸は驚きのあまり、屋敷言葉が出なくなった。

「盗《と》られたけ何もばれん思うて、好きなことをゆうてくれるのう。で？　なんぼう弁償せぇようるんじゃ」

芸州弁を五郎兵衛が止めたが、焦る虎丸は続ける。

「竹内、教えてくれ。なんぼう出せようるんじゃ」

竹内は黙って、紙を向けた。

数字を見た虎丸は、目を見張った。

「五万両！」

莫大《ばくだい》な額の請求に、思わず立ち上がった。

第四話　寝所《しんじょ》の刃光《じんこう》

一

沢屋徳次郎に五万両を払う気などない竹内与左衛門は、家来たちに命じて、奪われた荷を捜しはじめた。

姿を消した高里歳三が言っていたことが嘘でなければ、荷の中身は赤珊瑚《さんご》だ。

「赤珊瑚を扱う商家をしらみつぶしに当たれば必ず見つかる。なんとしても捜し出せ」

竹内は大広間に集まった家来たちにそう命じ、自らも捜しに出たのだが、探索に不慣れな葉月家の者には、闇に流されたであろう品を見つけるのは容易なことではない。

五日が過ぎ、十日が過ぎてもよい報告が来ないことに、虎丸はしびれを切らせた。

荷のことに詳しい武蔵屋小太郎ならば、何か情報を知っているかもしれないと思い、五郎兵衛が油断した隙に屋敷を抜け出した。

頭巾《ずきん》をつけ、急いで武蔵屋に行くと、店は活気があり忙しそうだった。

頭を下げる奉公人に気軽に接して中に入ると、気付いた番頭の清兵衛が、あからさまに厄介者を見る顔をして、

「今日は、どういったご用件で」

冷たく言う。

虎丸が口を開く前に、清兵衛が探る眼差《まなざ》しで続ける。

「早船がおいりようでしたら、あいにく今日は出ておりますが」

「まだ何もゆうとらんがの。そがぁに、つっけんどんにすなや」

「おや、違うのですか。てっきり、いつものようにお急ぎのご用かと思いました」

「急いどるんは違いないが、船荷《ふなに》のことを訊《き》きとうて来た」

「船荷？」

「ほうよ。頭がおらんのなら、清兵衛、あんたが教えてくれんか」

頼られたことが意外なのか、清兵衛は帳場から立ち上がり、上がり框《がまち》まで出てきて正座した。

「荷をお運びすればよろしいので」

「そうじゃない。わけあって、川賊に盗まれた荷を捜しょうるんじゃが、どがぁも《ぅまく》ならん《いかなぃ》。賊から荷を買い取るような、悪い奴を知っとるか？　噂でもええけ、教えてくれ」

清兵衛は腕組みをして首をかしげた。

「聞いたこともございませんし、見つけるのは難しいでしょうね。買い取るほうも、盗んだ品だと知らずに受けているかもしれませんし」

「頭も知らんかのう」

「もうすぐ戻られますから、よろしければお待ちになられますか」

「ほうか。ほいじゃあ、待たせてもらおう」

上がり框に腰かけていると、妹のみつが茶菓を出してくれた。

相変わらず恥ずかしそうにしているみつに、虎丸は礼を言い、頭巾の下を持ち上げて湯飲みを口に運んだ。

下からのぞこうとする清兵衛に背を向けて飲み、湯飲みを戻す。

「もう一杯頼む」

「はい」

笑顔で応じたみつであるが、虎丸の顔を見られないことをつまらなそうにして、土間の奥へ引き返した。

表の紺暖簾《のれん》を分けて、小太郎が戻ってきた。

「今帰ったぞ」

明るく言って、虎丸に気付いて笑みを浮かべた。

「虎丸様、お久しぶりです」

「遊びに来たと言いたいところじゃが、いつも頼みごとですまん」

「何をおっしゃるやら。そうだ。先ほど大川で、葉月家の早船とすれ違いましたよ。沢屋の荷船を守るのはどうかと思っていましたが、お役御免になったようですね」

虎丸の正体を知らぬ小太郎は遠慮がない。

「升介の船は、どうじゃった」

「ええ、やはり形のいい船は、ぱっと目を引きますね。速いのもいい。葉月家の漕《こ》ぎ手は、いいのを集めていなさるご様子で」

高里がいなくなって以来、柴山昌哉は一人気を吐き、漕ぎ手と捕り方を鍛えていると、竹内から聞いている。

「皆、張り切っていたか」

「ええ、そりゃもう」

答えた小太郎が、不思議そうな顔をした。

「ひょっとして、お知り合いとおっしゃっていたお方が、あの中におられるので？」

「いいや」

虎丸は話を変えた。

「それより頭、今日は……」

「そうでした。ご用とはなんです？」

せっかちに話を進める小太郎に、虎丸は船荷のことを訊いた。

すると、清兵衛と同じように、難しそうな顔をする。

「盗んだ荷を買い取る者ですか。ううん、知りませんね」

「頭でも分からんか」

「すんません」

「いや、ええよ」

「しかし虎丸様、なんだって虎丸様が、そんなことを気になすっていなさるので？」

「盗まれた赤珊瑚を捜しょうるんよ」

「赤珊瑚……。ひょっとして、今話題の義賊ですかい」

虎丸は驚いた。

「何か知っとるんか」

「ちらと耳にした噂ですので、ほんとか嘘か分かりませんが、通りで赤珊瑚を売っていた者が役人にしょっ引かれたので、川賊が売りさばいていたんじゃないかって、聞きました」

「そいつらは川賊じゃないじゃろう」

即座に否定した虎丸に、小太郎はまた、不思議そうな顔をした。

虎丸が言う。

「今回の川賊は、未《いま》だに正体不明で一人も捕まっとらんじゃろう」

「ええ、まあ」

「よっぽど、用心深い暮らしをしとる証《あかし》じゃ。派手に遊ぶでもなく、町に溶け込んどるに違いないけぇ、通りで盗んだ物を売ったりはせんはずじゃ」

「言われてみれば、確かにおっしゃるとおりですね」

「川賊は、盗んだ品を売った金を貧しい者に与えとるんじゃろう？」

「そんな噂もございますね」

「施しを受けた者だけでも分かればええんじゃが、聞いたことないか？」

「残念ながら。おい清兵衛、おめぇ、聞いたことねぇか」

清兵衛は渋い顔を横に振る。

「ないですね」

「若いもんに訊いてみるか」

「噂好きがそんな話をしていませんから、知らないと思いますよ」

清兵衛が言うので、虎丸は顎《あご》を引いた。

「分かった。ほいじゃあ、他を当たってみよう」

小太郎が顔を向ける。

「あてがありますんで？」

「ない」

「それじゃ手前が、町の連中に訊いてみますよ」

「頼めるか」

「ええ」

「いつもすまんの」

「いいってことです。仕事の合間に訊いて回りますから」

「それじゃあ、また来るよ」

「もうお帰りで。昼めしでもどうです」

「そうしたいんじゃけど、今日は帰る。また来るけぇ、よろしゅう頼むの」

「分かりやした」

虎丸が立ち上がった時、茶を淹《い》れて来たみつが呼び止めた。

「遅くなってごめんなさい」

せっかくなので、飲んで帰ろうとした虎丸に、みつが湯飲みを渡して言う。

「お声が聞こえたのですけど、川賊からお金をもらった人を捜すのですか」

小太郎が言う。

「おみつ、おめぇはいいから黙ってろ」

「何よ兄さん、せっかく虎丸様のお力になれるっていうのに」

「訊いて回るのはおれがやることだ」

小太郎は妹を危ない目に遭わせたくないのだろう。

そう思った虎丸は、みつに言う。

「川賊のことじゃけ、ええよ」

「もう、兄さんが人の話を聞かないから遠慮なさっているじゃないの。違うんですよ、虎丸様」

小太郎が不服そうな顔をした。

「何が違うんだ」

「ついこのあいだ、仙吉《せんきち》さんが来た時、言っていたのを思い出したの」

「油売りが、何を言ったんだ」

「だから、施しのことよ。神田《かんだ》の医者が、川賊からお金を恵んでもらったらしいと言って、うらやましがっていました」

「おい、なんでそれを早く言わねえんだ」

「だから言おうとしたのに、兄さんが聞かないんだもの」

不機嫌な顔をされて、小太郎は首をすくめた。

「すまねえ」

虎丸がみつに訊く。

「教えてくれ、仙吉ゆうもんは、なんちゅう医者のことをよったん《言っていた》」

「なんちゅう？」

「名前よ。なんちゅうてゆ《言う》んや」

みつが納得した顔をして、額に手を当てて考えた。

「確か、神田の……」

「神田の？」

身を乗り出す虎丸と小太郎に、みつが思い出した顔をした。

「一包《いっぽう》」

「いっぽう？」

訊く虎丸に、みつが笑顔でうなずく。

「そう。一包先生です」

小太郎が訊く。

「神田のどこの町だ」

「そこまでは……」

苦笑いで聞いていないと言うので、虎丸は茶を飲んで折敷《おしき》に湯飲みを置き、礼を言って表に出た。

小太郎が追って出る。

「虎丸様、神田までの道がお分かりで？」

言われて立ち止まった。

「そういや知らんかった」

「だろうと思いやした。手前が案内します」

笑って先に立つ小太郎に続き、虎丸は神田へ向かった。

二

「ああ、一包先生なら、この先にある川を上《かみ》へ少し行ったところの和泉橋《いずみ》を渡って、二つ目の角を右へ曲がったところにある一軒家です。子供や病人が大勢いるから、行けば分かりますよ」

町の男が言う道順を想像して指でなぞっていた小太郎が、ありがとよ、と言って虎丸に向く。

「どうやらここからすぐだ。行きやしょう」

従って歩みを進める虎丸に、道を教えてくれた男がいぶかしそうな顔を向けてきた。頭巾をつけているのが珍しいのか、探るような顔で頭を下げるので、ちらと見た虎丸は、目礼をした。

男と共にいた中年の女が、にんまりと頭を下げる。

「いい男」

そう言ったので、男が嫉妬《しっと》の顔を向ける。

「頭巾で見えやしねぇだろうが」

「目に惚《ほ》れちまうってことも、あるんだよ」

そんなやりとりを背中で聞きながら、虎丸は先を急いだ。

小太郎は薄い笑みを浮かべて歩きながら、右手を流れるのが神田川だと教えてくれた。

大川から入ってきた荷船が、歌を歌っている船頭の操りで川上に滑って行く。

教えられたとおりに和泉橋を越えて、二つ目の角を右に曲がった。狭い路地では大勢の子供たちが遊んでいたが、虎丸を見るなり、走って物陰に隠れた。

「侍がきらいなんじゃろうか」

「だいたいお武家は、虎丸様と違って偉そうですからね。珍しいことじゃないですよ」

小太郎はそう言いつつ、家を探してあたりを見回している。

虎丸は、静かになった路地を歩きながら、子供たちに眼差しを向けた。目が合えば顔を隠し、柱の陰から、怯《おび》えたような目を向けてくる。

怖がらせるのは可哀そうだと思って子供たちを見るのをやめ、小太郎に続いた。

路地に出てきた幼い女の子を追って男児が出てきたので、小太郎が訊く。

「おい坊主、一包先生の家を教えてくれないか」

女の子を引き寄せて抱いた男児が、無言で指さす。その先には、古びた一軒家があった。

訪ねようと表に向かって歩いていると、戸口から出てきた痩《や》せた男が、一瞬だが、鋭い眼差しを向けた。

見逃さない虎丸は気になったのだが、男はすぐに頭を下げ、穏やかな眼差しを男児に向けて声をかけた。

「健太《けんた》、兄ちゃんを見なかったか」

「さっき出かけたよ」

「あっち」

健太に続いて、女の子が路地の先を指さして教えると、男は困った顔をして頭をかいた。

「あの野郎、また遊びに行きやがったな」

その男に小太郎が歩み寄る。

「ちょいとすみません、一包先生ですか」

「おれが？」

自分を指さした男が、手を顔の前でひらひらとやる。

「とんでもない。先生は中におられますよ。どこか、お悪いので？」

頭巾を着けた虎丸を、お忍びで来た武家だと思ったのだろう。男は心配そうな顔で見てきた。

勘違いしている男に、小太郎が違うと教えた。

「先生に訊きたいことがあるんだ。中にいなさるのかい」

戸口に行こうとした小太郎の前を、男が塞《ふさ》いだ。

「今は、だめだ」

「どうして」

「具合が悪い女を見ていなさる。おれも追い出されたところだ」

「そういうことか。それじゃ、待たせてもらうぜ」

小太郎が虎丸を振り向く。

顎を引いた虎丸は、路地の片すみで小太郎と待つことにしたのだが、男は離れず、話しかけてきた。

「おれは先生の手伝いをしている啓作《けいさく》ってもんですが、お武家様は、先生に何をお訊きになりたいので？」

　虎丸は、探る眼差しを向けた。

「川賊の施しを受けたゆうて耳にしたけぇ、話を聞きたい思うて来たんじゃが、兄さんは知っとるか？」

「ひょっとして、お役人ですか」

「いいや」

「違うので？」

　小太郎が割って入る。

「こちらのお武家様はお役人じゃないが、川賊をきらっておいでなのだ。世間じゃ義賊だの貧乏人の味方だのと騒いでいるようだが、人の物を盗むのは悪党だ。おめぇさんもそう思うだろう」

「ええ、まあ」

「お武家様は、その川賊が盗んだ荷物をお捜しなのさ。妙な気を回して先生をかばっているならやめてくれ。施しを受けた者を咎《とが》める気なんざないからな。その時のことを訊くだけだ」

「かばってなんかいませんよ。ほんとに女の人が裸になっているんですから」

「腹でも痛いのか」

「ええ。ついでに胸も痛いとか言ってます」

「ついで？」

啓作が笑った。

「ここだけの話、先生に惚れている女なんですよ。あちこち痛いと言っては来て、かまってもらいたいだけなんです。おっと、いけねえ」

男が離れた戸口から、二十代とおぼしき女が出てきた。

不服そうな顔で中を振り向き、

「もう、先生の馬鹿！」

舌を出したので、啓作が笑って言う。

「おしのさん、また仮病を見抜かれたのかい。もういいかげんあきらめて、好いてくれる男に嫁いだらどうだい」

しのは怒った顔で振り向いた。

「大きなお世話よ。先生に似合う女は、あたししかいないの！　来るなと言われても、また来ますからね！」

振り向いて、中に聞こえるよう大声で言ったしのは、虎丸に言う。

「先生がお会いになるそうですよ」

あんたのせいで追い返されたとばかりの態度に、虎丸は首をすくめた。

「邪魔をしたな」

ふん、と、鼻息を荒くしたたしのは顎を上げて横を向き、大きな尻を振って帰っていった。

「しょうがねえ人だな」

呆《あき》れた啓作が、虎丸を中に促した。

応じて、雪駄《せった》を脱いで上がると、薬草の匂いがした。

すぐ横に大部屋があり、患者が横になるための台を拭《ふ》き掃除していた男が手を止め、虎丸を見てきた。

色白の顔は表情が引き締まり、頭がよさそうだ。鬢付《びんつけ》油で一本の乱れなく束ねた総髪が、男の顔を引き立てている。

「あんたが一包先生か」

「はい」

神妙に答えた一包は、名乗らず、頭巾も取らない虎丸に警戒の面持ちとなった。

「安心しんさい。咎めるつもりで来たんじゃないけ。川賊から施しを受けたゆうて聞いたんじゃが、ほんまか」

「間違いございません」

「金を置いて行ったもんの顔を見たんか」

「誰から聞かれたか知りませんが、実を申しますと、わたしは直《じか》に施しを受けたのではなく、手伝いをしてくれている、空一《そらいち》が持ってきてくれたのです。空一、おい、空一」

奥の部屋に声をかけると、日に焼け、全身から荒々しさをにじませる若者が出てきた。

「空一、こちらのお武家様に、施しのことを教えてさしあげなさい」

「はい」

「すまんの」

「いえ」

気を遣う虎丸に、空一は笑みを浮かべた。無精ひげを生やした見た目とは違い、穏やかな態度でその日のことを教えてくれた。

「夜中に戸口で物音がしましたので、もしや盗っ人ではないかと見に出ましたところ、手紙に包まれた小判が落ちていたんです。しかも、十両も」

「投げ込んだということか」

「ほいで、手紙はなんじゃゆうて書いてあったん」

「子供たちに着物でも買ってやるように、そう書かれていました」

　空一の言葉を啓作が引き継ぐ。

「先生は、火事や病気で親をなくした子供たちを引き取って、育てていらっしゃるんですよ。あっしらは、そのお手伝いをする代わりに、部屋をただで貸してもらっている、居候のようなもんで。まるで仏様のようなお方で、仕事もせずふらふらしていたあっしらのような無宿人まで、助けてくださっているんです」

「人手が欲しかった。それだけのことですよ」

　謙遜《けんそん》する一包は、神妙な顔を虎丸に向けた。

「今噂の川賊が置いて行ったのではないかとは思ったのですが、ご覧のとおり患者も少ないですから、八人の子供と大人四人が食べるのがやっと。薬草を買う金に困っていたところに投げ込まれたものですから、悪いと思いつつ、番屋に届けませんでした。どうか、お許しください」

　お縄にされるのを覚悟したのだろう。一包は手首を重ねて差し出した。

「先生は悪くない！」

いつの間にか縁側に集まっていた子供たちから声があがった。

「先生を連れて行かないで！」

「行っちゃやだ！」

女児が泣いてしまったので、焦った虎丸は、子供たちに駆け寄った。

「泣かんでええ。連れて行ったりなんかせんけぇ、安心しんさい」

女児が顔を上げた。

「ほんとう？」

「おお、ほんまよ」

頭をなでてやると、女児はにこりと笑った。

虎丸は、一包を振り向く。

「施しを受けたんは、先生のところだけなんか」

すると一包は、虎丸の態度に安心したらしく、隠さず教えてくれた。

「この裏の長屋にも、配られたそうです」

啓作が苦笑いで続く。

「何せ、宿無しの者も馬鹿にするような貧乏長屋ですから、川賊の連中は哀れと思ったのでしょう」

空一が嬉《うれ》しそうに続く。

「みんな、川賊が悪徳商人だけから奪っている噂を知っていますんで、お宝を恵んでくれたって大喜びして、今じゃ、仏様のように崇めていますから、お調べになりに行くのはおよしになったほうがよろしいかと。お役人と勘違いして、何されるか分かりませんから」

「物騒だな」

驚いた小太郎が、虎丸に言う。

「どうしやす。長屋に行きますかい？」

「顔を見たもんがおるかもしれんけぇ訊いてみたいが、今の話じゃ、教えてくれんじゃろうの」

「手前もそう思います」

二人の会話に、一包が笑った。

「長屋の連中としょっちゅう喧嘩《けんか》をしている空一が、大げさに言っているだけですよ」

空一が不服そうな顔をした。

「だって先生、あいつらいっつも、お代を払わないじゃないですか」

「そのかわりに、食べ物をくれるじゃないか」

「そりゃまあ、そうですけど」

「まあ、今その話はいい」

話を切った一包が、虎丸に言う。

「長屋の連中は噂好きですから、顔を見ていれば黙っているはずはないのですが、そう言って来たのは一人もいません。おそらく、見ていないのでは」

「ほうか」

肩を落とす虎丸に、一包が言う。

「みんなにはわたしがそれとなく訊いておきますので、よろしければ、三日後あたりにまたおいでください」

その場しのぎで言っているようには思えなかったので、虎丸はそうすることにした。

「頼めるか」

「はい」

「そしたら、手前が三日後に来ましょう」

小太郎がそう言ってくれたのだが、虎丸は自分も来ると言い、一包に頭を下げて家から出た。

「すまんの、頭」

別れ際にそう言うと、小太郎は真顔で言う。

「水臭いことをおっしゃっちゃいけませんよ」

「ほいでも、頭も忙しい身じゃけ、また手伝うんかゆうて、言われるじゃろう」

「清兵衛ならご心配なく。口ではああ言ってますが、こころの底じゃあ、川賊を退治した虎丸様のことを尊敬しているんですから」

「あの番頭がか。信じられんのう」

「不器用な奴なんですよ。商売相手からは、信用されているんですけどね」

「悪い男じゃないことだけは、分かる気がする」

「そういうことですんで、ご心配なく。先生には聞いておきますんで、またうちへ寄ってください」

「分かった」

和泉橋を戻ったところで、小太郎が訊いた。

「どうしやす？　一旦《いったん》うちまで戻られますかい」

「いや、ここで別れよう」

「道はお分かりで？」

「鎌倉河岸はどっちかいの？」

「行きましょう」

小伝馬町《こでんまちょう》の牢《ろう》屋敷の対岸まで戻ったところで、堀沿いを真っ直ぐ行けば鎌倉河岸に出ると教えられた虎丸は、礼を言って別れ、町中を歩いて帰った。

三

「あなた様は、馬鹿なのですか」

遠慮のない竹内に、五郎兵衛は目を見張り、慌てた。

「御家老、いくらなんでも」

「そなたは黙っていろ！」

不機嫌を越えて怒っている竹内に、虎丸は手を合わせた。

「黙って出たのは悪かった。五郎兵衛は悪うないけぇ怒らんでくれ」

竹内が真顔を向ける。

「若殿は、御家を背負っている自覚がござらぬのか。若殿に何かあれば――」

「一族郎党が行き場を失い、暮らしに困る。それは分かっている。だが、徳次郎の荷物を見つけ出さなければ、潰《つぶ》れたも同じになるではないか。わしは、いや、わたしは御家のことを思うて町へ出たのだ。そう怒るな」

竹内はため息をついた。

「それで？　命を懸けて町へお出になられた甲斐《かい》があったのですか」

「施しを受けた長屋の住人の中に、顔を見た者がおるかもしれぬ。三日後には、小太郎が何かつかんでくれるはずだ」

「徳次郎は方々手を尽くして奪われた荷を捜しているようですので、いずれ、一包なる医者のところに来るかもしれませぬ。小太郎ではなく、六左を行かせるべきかと」

「升介に早船を頼んだ時のこともあるので、六左をかわりに行かせては、小太郎は、芸州虎丸が葉月家の若殿じゃないかと疑うのではないか」

竹内は疑いの眼差しを向けた。

「小太郎にかわって自分が行こうなどと思われては困ります。徳次郎は手荒な真似もいとわぬでしょうから、一包のところで若殿と鉢合わせになれば、斬り合いになりかねませぬ」

「五万両も払えと言っておきながらそこまで必死に捜すということは、よほど、取り戻したいのだな」

「いいえ、奴の狙いは川賊です。用心棒の数を増やしていますので、見つけ出して殺す気ではないかと」

「荷を奪われたことが、よほど悔しかったのだな。執念深い奴だ。小太郎を行かせては、危ない気がしてきた。明日店へ行って、やめるよう言おう」

竹内が顎を引く。

「そこは、文でもよろしいかと」

「分かった」

虎丸は従い、小太郎に宛てて文をしたためた。

六左に文を託したものの、どうやって一包から話を聞こうか考えた。

竹内は、施しをした者の顔が分かったところで川賊に行き当たるとは考えていならしく、もっぱらの関心は、どこに荷が流されたのか。ということのようだ。

今手分けをして、盗品を買い取っている商家を探していると言うので、虎丸は、竹内のやりかたのほうが早いかもしれないと考えを変えた。

明日からはまた、退屈な暮らしがはじまると思うと気が沈んだが、御家のために、耐えるしかないと思い直し、遅くに布団へ入った。

次の間に控えていた伝八が船を漕ぎはじめたので見ていると、顔が畳につくのではないかというほど寝入ったので、虎丸は身体をゆすって起こした。

「ここはよいので、部屋で休め」

「いえ。そうはまいりませぬ」

寝ていたことを詫《わ》びるので、虎丸は首を振る。

「探索で疲れとるんじゃけ、ゆっくり休め。大丈夫、刺客なんかきゃぁせんよ《来るわけない》」

「しかし……」

「ええけ休め。気になってわしが寝られん」

「もう寝ませぬ」

「伝八、これは、あるじの命令じゃ」

笑みで促すと、伝八は顎を引いた。

「では、納戸へ下がらせていただきます」

「あそこじゃ布団がないがの」

「大丈夫です」

伝八は頭を下げて立ち上がり、廊下を挟んだ先の納戸に入った。

「よけい気になって寝られん気がする」

そう言った虎丸だったが、横になって間もなく、深い眠りについた。

どれ程眠った時だったか、虎丸は気配を感じて、目を開けた。月明かりで障子が白々としている。

誰かいる。

半身を起こした刹那《せつな》、目の前を刃光《じんこう》が横切り、喉《のど》に当てられた。

「動くな」

左の耳元でしたのは、女の声だ。

この状況で、自分でも驚くほど落ち着いている虎丸は、屋敷言葉を意識した。

「誰の差し金だ」

「しゃべるな」

刃物をぐいと引かれ、皮膚に痛みがはしった。

言われるとおりに黙っていると、女が小声で言う。

「もう二度と、坂本《さかもと》一包に近づくな。応じなければ、次は殺す」

次は……。

そういうことか。落ち着いていられたのは、無意識のうちに、殺気を感じていなかったからだ。

この場をしのぐために、虎丸は顎を引いた。すると、ゆっくり刃物を引いた女が立ち上がり、油断なく次の間に下がる。

障子の月明かりに重なる人影。女は布で顔を隠しているのが分かった。その右手に下げられていた刃物は、鎌のように湾曲している。

虎丸はその刃物に見覚えがあった。

こんなぁ《こぃっ》、鯉姫じゃ。

広島の商家の荷を守って、瀬戸内の海を鞆《とも》ノ浦《うら》に向かっていた時、奪おうと現れた鯉姫の一味と戦い、阻止したことがある。

仲間と共に賊の手下どもを倒して鯉姫を追い詰めたのだが、貧しい者のために海賊行為を繰り返していたことを知っていたのと、相手が女だったので戦うのをためらい、その隙を突かれて反撃され、海に落とされた。

昨日のことのように思い出した虎丸は、油断なく離れる人影に、

「鯉姫か」

思わず呼んでしまった。

立ち止まった人影は、戻って切っ先を向ける。

殺気を感じた虎丸は、手の平を向けた。

納戸にいる伝八を起こさぬよう、小声で言う。

「待て、早まるな」

聞かぬ鯉姫が無言で迫ったので、虎丸は仰向けになって突きをかわした。

鯉姫は身軽に飛んで腹にまたがり、切っ先を胸に向けて振り下ろした。咄嗟《とっさ》に手首をはたいた虎丸の顔の横に、刃物が突き刺さる。

引こうとした鯉姫の腕をつかみ、頭を押さえた。顔を近づけて小声で言う。

「やめえ言うて《ゆうて》おろう《おろう》が」

薄暗い中で、覆面の奥の大きな目をさらに見開くのが分かった。

「虎丸……」

しまった。顔を近づけ過ぎた。

そう思ったがもう遅い。

「あんた虎丸じゃろう。なんでここにおるん？」

「し、大きな声を出すな」

虎丸が言うと、鯉姫は声を潜める。

「白状しんさい。葉月の若殿が眠る寝所に、なんで虎丸が寝とるんね」

言いわけがとおる鯉姫ではない。

虎丸は、神妙に言う。

「これには人に言えん深いわけがあるんじゃ。それよりお前、なしてここが寝所じゃゆうて知っとるんや」

「一包先生を訪ねた頭巾野郎の跡をつけたらここに入ったけん、忍び込んだんよね。そしたら家来が、若殿ゆうてよったけん、この部屋に入るのを見届けて、屋根裏に入って寝るのを待ちょったんよね。教えてあげたんじゃけ、あんたも答えんさいや」

「言えんようるじゃろう。ほいじゃが《だけど》たまげた《おどろいた》。川賊の正体は、お前だったんか。なんで江戸におるん？」

「どこにおろうが、うちの勝手じゃろう」

「ははん、あれじゃろう、島に役人の手が回って、逃げてきたんじゃろう」

「ほっといてえや」

「図星じゃの。あの時せっかく見逃しちゃったのに、やめんけえよ」

鯉姫は喉元に刃物を突き付けた。

「女じゃと馬鹿にして海へ落とされたくせに、ええ気になるな」

「馬鹿になんかしちゃおらん」

「ふん。まあ終わったことはええよ。今は、うちが虎丸の命をにぎっとる。さっきもゆうたけど、一包先生に近づかんで。先生は、身寄りのない子供の面倒をみようる優しい人なんじゃけ」

「あの優しさに魅《ひ》かれて、金を渡したんか」

「町の者を苦しめて金儲《もう》けしょうるもんから取り返しただけよ。先生が面倒見とる子の中には、沢屋のせいで一人ぼっちになった子もおるんじぇけ」

「その子に代わってこらしめたつもりじゃろうが、徳次郎を甘く見るな。奴は浪人を大勢雇って、お前らを捜しにかかっとる。見つからんうちに、江戸から逃げえ」

「江戸が気に入ったけん、どこにも行かんよ」

「おい。言うことを聞け」

「構うなゆうてようるじゃろう。うちの邪魔をしたら、葉月家の若殿は村上虎丸じゃゆうて、言いふらすけえね」

「それだけはやめてくれ。わしの首が飛ぶだけじゃすまんことになるけえ頼む」

焦る虎丸に、鯉姫の目が笑った。

「よほどのわけがあるんじゃね。言いふらしちゃろう」

そう言って去ろうとしたので、虎丸は腕をつかんで引っ張った。

布団で足をもつれさせた鯉姫が倒れてきたので、虎丸は咄嗟に受け止めたのだが、手に柔らかな感触が伝わった。鯉姫の胸をつかんでいたのだ。

鯉姫が目を見張って立ち上がり、

「どこ触っとんじゃ！」

叫ぶや、股間《こかん》の急所を蹴《け》った。

激痛に息ができなくなった虎丸は、悶絶《もんぜつ》した。

鯉姫は、怒って部屋から出ていった。

追おうとしたが、どうにも動けない。脂汗を浮かせているところへ、襖《ふすま》を開けて伝八が飛び込んできた。

「若殿！」

股《また》を押さえて苦しむ姿に、伝八が絶句した。廊下の障子が開いているのを見て、大声をあげた。

「曲者《くせもの》だ！　誰か！」

伝八は虎丸に飛び付き、背中をさする。

「若殿、どこをやられたのです」

「さ、騒ぐな。だいじない」

その時にはもう、屋敷中に家来の声が響き、明かりを持った家来たちが廊下を走り回った。

竹内が駆けつけ、配下が持つ提灯《ちょうちん》で寝所が明るくなる。

焦った虎丸は、布団を頭から被《かぶ》った。

竹内が歩み寄って訊く。

「若殿、何があったのです」

「何でもない言うておろう」

ごめん、とことわった竹内が、布団をはぎ取り、虎丸の前に座る。

伝八が竹内に耳打ちした。

「女の声がしただと！」

驚いた竹内が、虎丸に真顔を向ける。

「若殿、誰に玉を蹴られたのです」

「曲者が逃げようとしたので捕まえたら、蹴られた。誰かは知らん」

「誰かを、かばっておいでか」

鋭い。

竹内の眼力に負けそうになったが、鯉姫に正体がばれたことを言えば二度と外へ出られなくなると思い、女の盗っ人だと言い張った。

虎丸の災難は続いた。

翌朝、心配した五郎兵衛の言うことを聞いて、水を張った桶《おけ》にまたがり、腫《は》れた股間を浸《つ》けて冷やしているところへ、背後の中庭から、女の悲鳴が聞こえた。

振り向くと、中庭を挟んだ先の廊下で、青地の打掛を着けたおなごが背を向けていた。

「なんたる格好をしておられるのです、はしたない」

背を向けているが、恐ろしげな声は奥方に違いなかった。

五郎兵衛が慌てて障子を閉めたが、もう遅い。

みっともない姿を見られた恥ずかしさで顔を赤くした虎丸は、股間の痛みも忘れて立ち上がった。

「五郎兵衛、なして奥方が来るんや」

小声で訊くと、五郎兵衛が不思議そうな顔で振り向いた。

「はあ？」

「はあ、じゃない。大恥をかいたじゃないか。早《はよ》う、追い返してくれ」

五郎兵衛は何か言おうとしたが、虎丸は手を振って急《せ》かし、納戸へ逃げた。

「奥方様じゃないのですがね」

五郎兵衛はぼそりと言い、昨夜の騒ぎを知って様子を見に来たのであろう高島のところに行き、だいじないと言い含めて奥御殿へ帰らせようとした。だが、高島の用向きは違っていた。沢屋の荷を盗まれ、川賊を取り逃がして登城停止の失態を犯したことを知った月姫の父が、今日のうちに来るというのだ。

家老の竹内ではなく、高島に知らせたのは、こざかしい言いわけをさせぬためだったのだが、そうと知った月姫が、表に知らせるよう命じたことで、高島は騒ぎの様子を見るためもあり、表御殿に来たのだ。

戻った五郎兵衛が青い顔をしていたので、そろりと下帯を巻いていた虎丸は、手を止めて訊いた。

「奥方は、なんと申してきたのだ」

高島を奥方と思い込んでいる虎丸であるが、今の五郎兵衛に、それを正す余裕はない。

「本日、舅《しゅうと》様が来られるそうです」

失態を咎めるためだと聞いて、虎丸は唾《つば》を飲み込んだ。

若年寄の松平筑前守近寛《まつだいらちくぜんのかみちかひろ》が来る。しかもこんな時に。

股間の痛みに耐えて下帯をきつく巻いた虎丸は、迎えるための支度をはじめた。

表御殿から呼び出しが来たのは、昼過ぎに筑前守が来たと聞いた時から、半刻（約一時間）も経ってからだった。

歩けば股間に激痛がはしる。きつく巻き過ぎた下帯に、腫れ上がった急所が絞められてしまうせいだが、直している時間はない。

そろり、そろりと歩くせいもあり、表の客間が、やけに遠く感じた。

付き添っている伝八が心配した。

「若殿、大丈夫ですか」

「せめて明日なら、ずいぶん楽になっていたはずなのだが」

苦笑いで言い、肩を借りてなんとか客間の前に来た虎丸は、ひとつ息をして、中に入った。

上座に正座している筑前守が、不機嫌な顔を向けた。

応対していた竹内と何を話していたのか知らないが、竹内も、いつにも増して厳しい顔をしている。

痛みに耐えて筑前守の正面に座った虎丸は、両手をついて頭を下げた。

「舅様、このたびのこと、ご心配をおかけしました」

筑前守から叱られると思っていると、頭上でため息がした。

「婿殿、そなた何ゆえ、尻を浮かせておるのだ。不格好な平伏だな」

平伏すれば下帯が絞まるので、痛みに耐えかねてそうなってしまっていた。

言われて直そうとしたのだが、激痛がはしり、腰を浮かせた。

「そなたは何をしておるのだ」

「少々、膝《ひざ》が痛みますもので」

ふたたびため息がした。

「まあよい、顔を上げよ」

「はは」

顔を上げると、筑前守が睨《にら》んでいたので、虎丸は眼差しを下げた。

「婿殿」

「はい」

「御大老格からお叱りを受けたばかりか、商人から弁償を迫られるとは情けない」

「返す言葉もございませぬ」

「岸部《きしべ》一斎《いっきい》が、念《ねん》流の稽古《けいこ》をつけた甲斐がないと、嘆いておったぞ」

嫌味を言われても、今は耐えるしかない。

黙っている虎丸に、筑前守はさらに言う。

「そなたは病弱ゆえ、川に出ろとは言わぬ。だがな、葉月家は川賊改役を拝命したのだ。こたびのようなことは、あってはならぬ。配下のたるんだ気持ちを引き締めるためにも、あるじであるそなたが武芸達者でなくてはならぬぞ」

「おっしゃるとおりでございます」

「うむ。今も竹内と話していたのだが、明日からまたわしの屋敷に通え。岸部一斎に念流をたたき込んでもらうのだ」

虎丸は竹内を見た。真顔の竹内が、小さく顎を引く。

竹内の腹は分かっている。屋敷を抜け出して小太郎と共に川賊を捜させぬために、江戸城桜田《さくらだ》御門内の上屋敷まで通わせて、動きを封じにかかったに違いない。

虎丸は竹内を睨んだ。

竹内は顔をそらして上座に向かい、両手をつく。

「筑前守様のご厚意、つつしんでお受けいたしまする」

かくして虎丸は、剣術の稽古に通うことになってしまったのだが、翌日も股間の痛みは続き、岸部一斎と木太刀を交えても、足を運ぶごとに痛みがはしり、稽古らしい稽古にならなかった。

へっぴり腰の内股で、妙な動きをする虎丸を陰から見ていた筑前守が、落胆の顔をして側近の者にぐちった。

「婿殿に武芸は望めそうにない。わしは、月姫を嫁がせる相手を間違えたようじゃ」

頭が痛そうにこめかみを押さえながら、筑前守は道場から離れた。

この時虎丸は、岸部一斎と対峙《たいじ》しつつも、頭では別のことを考えていた。

痛い目に遭わされたにもかかわらず、逃げてしまった鯉姫のことを心配していたのだ。

その鯉姫に魔の手が迫ろうとしていることを、虎丸は知る由もなかった。

四

沢屋の自室にいた徳次郎は、廊下に座った手代の清三に、鋭い眼差しを向けた。

「いい知らせだろうな」

「やっと白状しました。川賊が盗んだ赤珊瑚と絹を、確かに買ったそうです」

「売りに来たのは、川賊か」

「はい」

「隠れ家は」

清三が下卑た笑みを浮かべる。

「白状しました。一味は、一包という町医者の家を隠れ蓑《みの》にしているようです。身寄りのない子供を引き取って育てている一包を手伝う者として寝泊まりしているのが一味だそうで、名は、啓作、翔《しょう》、空一、恭二《きょうじ》。誰が頭かは、痛めつけても吐きませんので、知らないものかと」

「荷を運ぶのを賊どもがどうやって知ったか、そこが気になる。恵比寿屋、お前さん、どう思うね」

鋭い眼差しを向けられたのは、呼ばれて来ていた恵比寿屋のあるじだ。沢屋の法に触れる荷は、この恵比寿屋が一手に引き受けている。

徳次郎は、細身の恵比寿屋がぶるぶる震えているのを見て、さらに眼光を鋭くする。

「思い当たることがあるようだね」

額の汗をぬぐった恵比寿屋が、両手をついた。

「今、清三さんがおっしゃった名の中に、覚えがあります。恭二という男を、一年前から雇っています」

徳次郎が顎を引く。

「そんなことだろうと思ったよ。一年もかけて信用させてから動き出すとは、したたかだね。頭目は、誰なんだろうね」

「帰って、恭二を締め上げます」

立とうとした恵比寿屋を、徳次郎は止めた。

「お前さんには、もっとだいじな仕事があるだろう」

「そのことです。荷を奪われましたので、裏帳簿の情報を盗んでいるはずですから、次の荷は、日にちをおかえください」

「それはできないよ」

「しかし……」

「心配するな。お前は、恭二とやらにこっちが気付いたことを勘付かれないよう、いつもと変わらない顔をしていろ」

素直に応じた恵比寿屋は、座りなおした。

徳次郎が清三に訊く。

「捕らえた者は、まだ生かしているのか」

「蔵に閉じ込めています」

「帰せば賊に知られる。荷箱に詰めて、海に沈めろ」

「承知しました」

徳次郎は、下座であぐらをかいて黙っている井口源十郎に顔を向けた。

「まずは恵比寿屋に入り込んだ鼠から始末しろ。次の荷はもっともだいじだ。到着する前に、こざかしい賊どもを根絶やしにしてしまえ。ぬかるんじゃないぞ」

「承知した」

井口は大刀を持って立ち上がり、部屋から出ていった。


正体がばれていることを知らない恭二は、湊町《みなとちょう》にある恵比寿屋の表に出て、荷を運びに行く船を見送っていた。

「今日もごくろうさまです」

船頭たちを笑顔で送り出していると、堀端の柳の陰からこちらを見ている男がいた。

気付かれないよう小さく顎を引き、船頭たちの見送りを終えて、恵比寿屋に戻る。

船を送り出していち段落していた番頭が、手代たちと談笑している。そこへ歩み寄った恭二は、前垂れを取りながら言う。

「ちょいと、親の墓参りに行ってきます」

番頭が穏やかな顔を向ける。

「ああ、行っといで」

「すぐ戻ります」

笑顔で頭を下げた恭二は、いそいそと出かけた。

顔から笑みを消す番頭に、奥から出てきた恵比寿屋のあるじが言う。

「何が墓参りだ。いつも行くので孝行者だと思っていたわたしが、馬鹿だったよ」

憎々しい顔を戸口に向けているあるじの背後から、井口源十郎が出てきた。

「奴が向かった寺に案内しろ」

応じた恵比寿屋のあるじは、井口と共に外へ出た。

海沿いの西念寺《さいねんじ》は、いつものように人気《ひとけ》がない。

その門前を通り過ぎた恭二は、尾行に気を付けながら歩みを進め、入間川《いりあい》の河口にある網干場に向かった。

漁師たちが干している魚網を分けて現れたのは、空一だ。

「ここだ」

声に顔を向けた恭二が、兄さん、と言って笑みを浮かべ、駆け寄った。

「急にどうしたんだい」

「今夜、計画どおり例の仕事をすることになった。恵比寿屋にかわったことはないか」

「待ってよ兄さん。一包先生のところに怪しい頭巾の侍が来たから、あの仕事はやめるんじゃなかったのかい」

「そのことだ」

空一は、下卑た笑みを浮かべた。

「頭巾野郎は、沢屋の荷を守っていた葉月の若殿だったが、姫がその野郎の弱みをにぎった。もう手出しはできねぇとよ」

「さすがは頭だ。それで、弱みとはなんだい？」

「さあな、そこんところは、小頭（啓作）は教えてくれない」

「知りたいな。五七《ごしち》の爺《じ》っつぁんに、訊いてみようか」

「馬鹿、爺っつぁんは姫がお武家だった頃から仕えている忠臣だ。姫が伏せていなさることを教えてくれるもんか」

「そうだよなぁ。でも、気になるなぁ」

口を尖《とが》らせる恭二の態度に、空一が笑う。

「そのうち教えてもらえるさ。ところで、恵比寿屋だ。どうなんだい」

「沢屋の荷のことはかわったことはないよ。でも、ひとつネタを手に入れたよ」

「どこの悪党だ」

これさ、と言った恭二は、肌身離さず持ち歩いている紙を懐から出して渡した。

それには、恵比寿屋が荷物を受け取る日にちと刻限、そして場所が書かれている。

「半月後か、大きな仕事をするから、頭がなんとおっしゃるか分からねえが、預かっておく。店はどこにある」

目を通す空一に、恭二が言う。

「恵比寿屋の近くにある小間物屋さ。沢屋ほど悪党じゃないけど、裏で抜け荷をさばいているのは確かだよ。帰るついでに、店を見てみるかい」

「そうだな、途中で飯を食う暇はあるか」

「お茶くらいなら」

「まあいい。行こうか」

兄弟は肩を並べて網干場から出ようとしたのだが、漁師小屋の陰から、つと人が出てきた。井口源十郎だ。

その刹那、空一が血しぶきを上げ、呻《うめ》き声もなく仰向けに倒れた。

一瞬のことで、何が起きたのか分からなかった恭二は、呆然《ぼうぜん》とした顔で、血を分けた兄の顔を見おろしている。

喉元に切っ先を向けられて目を見開いた恭二は、後ずさるも石に足を取られて尻もちをついた。

井口源十郎の背後から姿を見せた恵比寿屋に、恭二は絶句する。

「恭二、まさかお前が川賊の仲間だったとは、驚きだよ。おかげで、恵比寿屋の信用はがた落ちだ。この償いはしてもらうよ」

声も出ない恭二は、空一の骸《むくろ》を見て、悲しみに叫んだ。その胸に、容赦なく刀が突き入れられた。

呻いた恭二は心臓を貫かれ、目を開けたまま絶命した。

刀を抜いて血振るいをした井口源十郎は、恵比寿屋に鋭い眼差しを向けた。

「次は一包のところへ行き、賊どもを根絶やしにする。安心して、沢屋の荷を運べ」

声もなく顎を引く恵比寿屋。

井口源十郎は、刀を納めてその場から去った。

お待ちを、と言って跡を追う恵比寿屋が小走りで去るのを見届けたのは、竹内の命令で沢屋を探っていた六左だ。

隠れていた松の木から離れた六左は、虎丸と竹内に知らせるべく、屋敷へ走った。

五

外で遊んでいた子供たちは、路地を入ってきた清三と用心棒たちに気付いて注目した。

清三がにこにこして歩み寄り、恐れた顔で見ている子供たちに言う。

「坊主たち、いい子だからこれをあげよう。表の店で、菓子を買って食べなさい」

年長の女の子に銭を差し出すが、女の子は受け取らずに、警戒の眼差しを向けて下がった。

舌打ちをした清三が無理やり銭をにぎらせ、行け、と言って背中を押すと、女の子は他の子供たちを連れて、逃げるように路地から出た。

目で追った髭面《ひげづら》の用心棒が、静かに抜刀して表の戸口へ向かう。三人が後に続き、井口源十郎は最後に入った。

それを見届けた清三は、逃げ口を塞ぐために裏手に回った。

「誰だね、お前さんたちは」

土間に入ってきた者に気付いて出てきた一包が訊いたが、髭面の用心棒は返答のかわりに、刀を横に一閃《いっせん》した。

腹を一文字に斬られた一包が、悲鳴をあげて倒れた。

奥にいた啓作が出てきたが、倒れた一包と刺客を見て、すぐさま襖を閉めた。

「追え！」

叫ぶ井口に応じて、四人の用心棒が土足で上がり、襖を開けて奥へ行く。

次の部屋の襖を開けると、隠れていた啓作が白い粉をかけた。

まともに食らった細身の用心棒が、目が痛いと叫び、刀を振り回した。

薬はすぐに効き目が現れ、細身の用心棒は刀を落として突っ伏す。

「眠り薬だ！　気をつけろ！」

様子を見た仲間が叫び、着物の袖《そで》で鼻と口を覆って廊下に回り、逃げた啓作を追う。

廊下の角に隠れていた啓作が、追ってきた用心棒の横っ腹を狙って刃物を突き出したのだが、咄嗟にさけられてしまい、勢い余ってつんのめった。

「野郎！」

それでも匕首《あいくち》を振るい、用心棒に襲いかかる。

刀で受けた用心棒は、啓作を突き放す。そこへ、背後から来た髭面の用心棒が袈《け》裟懸《さが》けに打ち下ろした。

背中を斬られた啓作は、苦痛に顔をゆがめて裏庭に転げ落ちた。

そこへ、潜り戸を開けて翔が戻ってきた。

「小頭！」

叫ぶ翔に、啓作が顔を向けた。

「来るな！　頭を逃がせ！」

「野郎！」

怒りに顔を赤くして叫ぶ翔に、啓作を斬った髭面の用心棒が向かう。

啓作は髭面の足にしがみついて止め、翔に叫ぶ。

「行け！　早く！」

翔は泣きながら裏口へ逃げた。

井口と他の者たちが追い、足を止められていた髭面は、刀を逆手ににぎり、啓作の背中に突き入れた。

長屋に飛び込んできた翔から襲撃を聞いた鯉姫は、首に巻いていた布で顔を隠し、鎌のように曲がった小太刀をにぎった。

「助けに行く」

そう言って外へ出ようとしたが、五七が土間に立ち、戸口を塞いだ。

「翔と裏からお逃げください」

「うちは逃げん。そこをどけ！」

「分が悪うござる。ここはこらえてお逃げください」

言った五七が、目を見開いた。その右肩から、青白い顔の清三が首を伸ばし、下卑た笑みを浮かべる。

「じじい、つべこべ言ってないで、どかねぇかい」

両手で柱をつかんだ五七が、苦しみに耐えながら、戸口を守る。

「翔、姫を連れて逃げろ」

応じた翔が、鯉姫の腕を引いた。

「爺！」

叫ぶ鯉姫に、五七が笑みを浮かべる。

「お仕えした今日まで、爺は幸せでしたぞ」

言うや、両膝をついた。

清三が、五七の背中から匕首を抜いた。

「邪魔なんだよ」

蹴り倒し、裏から逃げた鯉姫を追って座敷に上がろうとした時、腹から槍《やり》の穂先が突き出た。

戸口に隠していた手槍をにぎった五七が、歯を食いしばっている。清三が倒れると、五七も力尽きた。

そこへ来た用心棒たちが、しまった、と言って、家の中を見た。翔に腕を引かれる鯉姫を見て叫ぶ。

「裏だ。裏から逃げたぞ」

一人が言うと、井口が怒鳴った。

「追え！　逃がすな！」

応じた用心棒たちが、路地を回った。

長屋の連中は家の中に隠れて、誰もいない。

井口はそれでも、布で顔を隠した鯉姫を追った。

出てきた住人たちが家の中の惨状を見て、若い女房が表の通りに走った。

「人殺しだよ！　誰か！　お役人を呼んで！」

声を聞いて、町の者が集まった。

「どうした！」

「五七さんが、五七さんがやられたんだよう！」

驚いた町の者が、役人を呼びに走った。

そこへ、走って一包の家に急いでいた虎丸が通りかかる。

人殺しだという声に立ち止まり、女が路地を指差して叫んでいるのを見てそちらに向かった。

六左が続く。

人だかりができている家に走った虎丸は、住人を分けて中に入った。

鯉姫がいるものと思ったが、倒れていたのは男二人だ。

虎丸は、住人の男に訊く。

「ここに女がおらんかったか」

「さつきちゃんがいました」

「どこへ行った」

男は首を横に振る。

倒れていた男が息を吹き返して呻いたので、住人の男が叫んだ。

「五七さん！」

それを受け、虎丸は五七を仰向けにさせた。

「おい、しっかりせえ！　目を開けえ！」

呻いた五七が薄目を開けたので、虎丸は頭巾を取った。

六左が焦り、住人たちを遠のけた。

「この顔を覚えとるか」

すると五七は、目を見張って腕をつかんできた。

「姫を、お助けください」

「どこに行ったか分かるか」

「大川をくだり、隠れ家に向かって……」

五七は苦痛に顔をゆがめた。

「おい、しっかりせえ。隠れ家はどこにあるんや」

五七は、虚《うつ》ろな眼差しで口を動かした。

耳を近づけた虎丸が、

「佃島《つくだじま》か」

聞こえた声を確かめると、五七は顎を引き、こと切れてしまった。

立ち上がった虎丸は、頭巾で顔を隠して外に出ると、六左の腕を引いて歩きながら訊いた。

「早船がいる。ここからだと、小太郎の武蔵屋と下屋敷は、どっちが近い」

「下屋敷かと思いますが、柴山たちは大川に出て、下屋敷から両国橋《りょうごく》のあいだで鍛錬をしているはずですので、小太郎をお頼りになられたほうがよろしいかと」

「案内してくれ」

「こちらです」

六左に付いて町中を走り、本船町《ほんふねちょう》へ向かった。

道が分かったところで六左を待たせた虎丸は、一人で武蔵屋に駆け込んだ。帳場にいた清兵衛に叫ぶ。

「頭はおるか！」

びくりとした清兵衛が、何事ですかと訊いたが、答える暇はない。

「今すぐ、早船を借りたい」

「あいにく、旦那《だんな》様は早船で出ておられます」

虎丸は舌打ちをしてきびすを返した。

「虎丸様」

声をかけた清兵衛に振り向かず表に飛び出し、大川へ向かって走った。

六左が後を追う。

六

翔が漕ぐ猪牙《ちょき》舟《ぶね》で大川をくだっている鯉姫は、悔し涙をにじませながら、しきりに後ろを気にしていた。永代橋の川上まで来たところで、二艘《そう》の早船が追い付いてきたのだ。

二人漕ぎの早船には、襲って来た用心棒どもに漕ぎ手を合わせると、九人もいる。

必死で船を漕ぐ翔が、ちくしょう、と叫んだ。

「奴ら、おれたちが川に逃げるとふんで、早船を待たせていたんですぜ」

「ええけぇ、そのまま漕げ」

鯉姫は用心棒たちを睨み、町娘の身なりの小袖を脱ぎ捨てた。

細身を包む黒い忍び装束の腰から刃物を抜き、戦いに備える。

迫る早船が、左右から挟み撃ちしてきた。

「翔、右の船へ跳ぶぞ」

「おう」

翔は櫓《ろ》を放し、息を合わせて跳んだ。

意表をつかれた用心棒が焦り、乗り移ってきた翔に刀を振るう。翔は小太刀で受け止めた。その用心棒の背後に迫った鯉姫が横腹を蹴ると、用心棒は体《たい》を崩して川に落ちた。

髭面の用心棒が翔に斬りかかる。

受けそこねた翔が腕を斬られ、それでも必死に小太刀を振るう。

大刀で弾《はじ》いた髭面が足を狙い、太ももを傷つけられた翔は船底に倒れた。

一瞬のことで助けられなかった鯉姫が、叫んで髭面に斬りかかる。

大刀で受けた髭面であるが、鯉姫は鎌のように曲がった小太刀で刀身をからめて引き、体をかわして背後を取った。

振り向こうとした髭面の肩に、柄《つか》に仕込んでいた鋭い刃物を抜いて突き刺した。

激痛に呻く髭面が、刺された肩を押さえて下がる。

「おのれ、こしゃくな」

刀を構えようとしたが、鯉姫に胸を蹴られて、背中から大川に落ちた。

二人の漕ぎ手は恐れをなし、船を捨てて川に飛び込んだ。そこへ、大声が響いてきた。

「貴様ら！　そこで何をしておるか！」

永代橋の下にいた船手方が、騒ぎを知って漕ぎ寄せて来た。

戦いを見ていた井口が、鯉姫の船から離れぬよう漕ぎ手に命じて、近づく船手方を待つ。

役人が舳先《へさき》に立っている船が横付けしてくるなり、井口は抜刀し、袈裟懸けに斬った。

声もなく川に落ちる上役に目を見張った捕り方が、

「おのれ！」

怒号をあげて寄り棒を向ける。

「やれ！」

井口が命じると、青白い顔の用心棒が船に跳び移り、刀を振るって捕り方たちを襲い、次々と川に落とした。

片づけた青白い顔の用心棒が戻ると、井口は船を近づけるよう命じた。

手傷を負った翔を守って立つ鯉姫。

青白い顔の用心棒が船べりを踏んで跳び移った。

続いて跳び乗った井口がほくそ笑み、余裕の様子で言う。

「川賊の頭が女だったとは、驚きだな。面を拝ませてもらおうか」

「爺と仲間の仇《かたき》！」

鯉姫は叫び、斬りかかった。

一撃を右手のみで受けた井口は、左手で布をつかんで引いた。

跳び下がって睨む鯉姫に、井口がにたりとした。

「ほおう。殺すには惜しいほど、いい女だな」

「黙れ！」

鯉姫は鋭い刃物を投げた。

はね飛ばす井口の隙を突いて斬りかかったが、大刀で弾かれた。

手を離れた小太刀が、日の光を反射してくるくる回転し、水面に落ちる。

下がろうとした鯉姫だが、井口が逃さない。

「むん!」

気合をかけ、刀を幹竹《からたけ》割りに打ち下ろすと、切っ先を船底でぴたりと止める。

忍び装束の前を切られた鯉姫の肌が、露《あら》わになった。

浅黒く、引き締まった身体を見て、井口が薄い笑みを浮かべる。

「思ったとおりだな」

辱めを恐れた鯉姫は、忍び装束を引き合わせて下がり、川へ飛び込もうとしたのだが、井口に引き倒された。

「姫から離れろ!」

叫んだ翔は助けようとしたが、青白い顔の用心棒に腹を蹴られてうずくまった。

鯉姫は力の限り抵抗したが、首をつかまれて押さえられた。

息ができなくてもがく鯉姫の手足を、乗り移って来た色黒の用心棒が押さえにかかり、足の動きを封じた。

馬乗りになった井口が片笑む。

「我らの荷を奪ったことを後悔させてやる。蔵に戻れ」

応じた漕ぎ手たちが乗り移り、櫓を持って舳先を転じた時、頭上に黒い影が迫った。

振り向いて見上げた漕ぎ手は、永代橋の上から飛んできた者に顔を蹴られ、船底にたたきつけられた。

どん、と、音がして、船が大きく揺れた。

立っていたもう一人の漕ぎ手が体を崩して川に落ち、翔を踏みつけていた青白い顔の用心棒も船の揺れにふらつき、船べりにしがみつく。

早船の船尾には、頭巾を着けた虎丸がいた。川の騒ぎを知って走り、永代橋から飛び降りたのだ。

虎丸は、鯉姫を押さえている色黒の用心棒に小柄《こづか》を投げた。

色黒の用心棒が横に転じてかわし、鯉姫から離れる。

鯉姫は、虎丸に気を取られた井口を押し放し、蹴り離して翔のところに行き、布で顔を隠して身構えた。

立ち上がった井口が、虎丸を睨む。

「何者だ」

「わしか。芸州虎丸ゆうもんじゃ」

名を聞いて、青白い顔の用心棒が目を見張った。

井口は動じず、薄笑いを浮かべる。

「聞いたことがある名だ。この女は川賊の頭だ。川賊を成敗する者なら、我らの邪魔をするな」

「わしは悪人を許さんのじゃ。お前ら、いかにも悪げな顔をしとるのう」

「我らは川賊を捕らえようとした善人ぞ」

「寝言をゆうなや」

「おのれ!」

色黒の用心棒が足を狙って刀を振るった。

跳んでかわした虎丸が、小太刀を抜いて肩を峰打ちする。

骨を砕かれた用心棒が、色黒の顔をゆがめて肩を押さえ、悶絶した。

青白い顔の用心棒が井口の前に出て立ち、虎丸に切っ先を向ける。

左手で小太刀を抜いた虎丸は、二刀を逆手に持ち、防御の構えを取る。

「やあ!」

青白い顔の用心棒が、胸を狙って突いてきた。

虎丸は左の小太刀で受け流し、右の小太刀を振るって顎を打つ。

峰打ちで顎の骨を砕かれた用心棒は、白目をむいて船底に倒れた。その仲間を踏み越えた井口が、無言の気をかけて攻め込む。

鋭く打ち下ろされた一撃を、虎丸は跳びのいてかわし、船尾の板一枚の上に降り立った。

足を踏ん張って船を揺らしたが、井口は体を崩すことなく足を運んで来るや、横に一閃した。

小太刀で受け止めた虎丸は、船べりを走って回り込み、鯉姫を守って立つ。

刀を肩に置き、腰を落として構えた井口。

虎丸は言う。

「船に慣れとるようじゃが、どこのもんや」

井口は答えず、猛然と迫った。

打ち下ろされた一撃を、虎丸は両刀で受け止める。押し斬ろうとする井口は、目を見開き、歯をむき出して力を込める。

虎丸は押し返し、腹を蹴った。

怒気を浮かべた井口が袈裟懸けに打ち下ろした一撃を受け流し、背後を取った虎丸は、両手で太鼓を打つがごとく小太刀を振るった。

村上水軍秘伝の双斬《そうざん》で背中を打たれた井口は、身体をのけ反らせて刀を落とし、膝から崩れるように、船底に倒れた。

永代橋から見ていた町の者たちから歓声があがっている。

長い息を吐いた虎丸は、小太刀を鞘《さや》に納め、舳先にいる鯉姫の身を案じて振り向いたが、そこには誰もいない。

戦っているあいだに翔を助けた鯉姫は、猪牙舟に乗り移っていたのだ。

船を漕いで離れる鯉姫に言う。

「おい！　このまま江戸から出ていけぇよ」

「おおきなお世話よ」

「なんじゃと！」

「うちは好きに生きると決めたんじゃけん、あんたの指図は受けんよ」

「助けちゃったんじゃけ、いっぺんぐらい言うことを聞け」

「頼んどらんもん」

鯉姫はそう言うと、顔を隠していた布を下げ、含んだ笑みを浮かべた。

初めて見る鯉姫の顔は、想像していたより美しい。虎丸は不覚にも一瞬見とれたが、我に返ると、仲間の死を教えた。

途端に、鯉姫の顔が曇り、顔を布で隠した。

「うちは、どこにも行かん」

言った鯉姫の声は震えていた。虎丸は説得するために追おうとしたのだが、早船の櫓は流され、竹棹《たけざお》は、鯉姫が捨てていた。

焦る虎丸に、鯉姫が言う。

「助けてくれた礼に、ええことを教えてあげよう」

「ええこと？　なんや」

「徳次郎のことよね。奴は今夜、石見《いわみ》銀山の代官から横流しさせた銀を、品川沖の船から受け取ることになっとるけぇ、行ってから手柄にしんさい」

「そりゃほんまか」

「徳次郎がうちらを殺しにかかったんは、銀を守るためじゃけ、捕まえて、みんなの仇を取ってえや」

「おお分かった。仇を取っちゃるけえ、江戸から出ていけ」

「早《は》よ行かんと、間に合わんよ」

鯉姫はそう言うと、離れて行った。

「おい、待てえや！」

鯉姫はもう、振り向きもしない。周囲を見ても、永代橋は遠く離れ、助けを求められそうな船は近くにいなかった。

ゆっくり海に流される船の上で焦った虎丸は、気を失っている用心棒たちを縛って船に繋《つな》いでおき、川に飛び込んだ。

岸を目指して泳いでいると、

「若殿！」

声がしたので立ち泳ぎで見ると、六左が小舟を漕いで来ていた。

「ここじゃ！」

近づくのを待ち、手を借りて這《は》い上がる。

「急いで帰ってくれ。竹内に言うことがある」

「では下屋敷へ向かいます」

「なんでや」

「飛び出された若殿を追って出る時、お戻りになられやすいよう、下屋敷で待つとおっしゃっていましたので」

「さすが、気が利くのう。急いで行ってくれ」

「承知しました」

六左は川上を目指して船を漕いだ。

こっそり下屋敷に戻った虎丸の姿を見て、竹内が絶句した。

頭巾を取った虎丸はずぶ濡《ぬ》れで、髷《まげ》が解《ほど》けた髪を背中まで垂らし、寒さに震えていたからだ。

共にいた伝八が着替えを促し、五郎兵衛は目を丸くして言う。

「若殿、なんですかその、落ち武者のようなお姿は」

歯をがちがち鳴らす虎丸に代わって、六左が口を開き、井口ら用心棒との戦いを教えた。

一包が襲われ、川賊一味が命を落としたことを知った皆が、神妙な顔を虎丸に向けた。

五郎兵衛が言う。

「若殿、詳しいことはのちほど聞かせていただきます。このままでは風邪をひいてしまいますので、まずは町の湯屋へまいりましょう」

下屋敷の湯殿は空だというので、虎丸は、濡れた着物を脱いだ。

「湯はよい。それより竹内、鯉姫から沢屋の悪事を聞いた」

「それはまたゆっくり話す。今は沢屋だ。奴が川賊を襲わせたのは、横流しさせた石見の銀を盗まれないためだ」

竹内は表情を変えず、虎丸を見据える。

「鯉姫とは、何者ですか」

「川賊の頭目だ」

「なんと」

驚く五郎兵衛を一瞥《いちべつ》した竹内が、虎丸に問う。

「若殿は、川賊の言うことを信じるのですか」

虎丸は顎を引く。

「命を助けたお返しだと言って、教えてくれたことゆえな。この機を逃せば、沢屋は江戸から姿を消すかもしれぬ」

竹内も顎を引いた。

「分かりました。鬼塚様と共に、わたしが捕らえに行きます。場所は聞きましたか」

「今夜、品川沖で受け取るそうだ。赤珊瑚を受け取っていた場所に違いない」

竹内が六左に顔を向ける。

「鯉姫とは」

「急ぎ鬼塚様に知らせよ。我らは、永代橋の西詰で待つとお伝えせよ」

「はは」

六左は立ち去った。

「若殿は、上屋敷でお待ちください」

「わしも行かせてくれ」

「なりませぬ」

そう言うだろうと思っていた虎丸は、肩を落とした。

七

「川賊改役である！　なんぴともそこを動くな！」

鬼塚と竹内が率いる早船が、闇に乗じて荷を受け取っていた荷船を取り囲んだのは、夜中だった。

自ら出向いていた徳次郎は、早船で逃げた。

見逃さぬ竹内が追えと命じるや、八人の漕ぎ手が一斉に漕ぐ。

升介が残した早船はぐんぐん船足を増し、見る間に追いついた。

その速さに目を見張った徳次郎は、用心棒と共に激しく抵抗し、舳先を転じさせて逃げようとした。だが、遅れて追い付いてきた鬼塚勢に囲まれて取り押さえられ、役宅に連行された。

配下の捕り方たちと共に奮闘した竹内と柴山昌哉は、二人とも軽い傷を負って戻り、朝方になって、書院の間で虎丸に報告した。

御簾《みす》を上げさせた虎丸は、腕を布で吊《つ》って平身低頭する柴山の前に片膝をつき、手を取った。

「柴山、ようやってくれた」

顔を上げた柴山は、間近で見る虎丸の男ぶりに目を見開き、涙を浮かべた。

「もったいのうございます」

顔をくしゃくしゃにしている柴山は、初手柄の喜びを隠せぬ様子だ。

虎丸は笑顔で顎を引く。

「そなたは、御家の危機を救ってくれたのだ。竹内」

「はは」

「柴山には、それ相応の加増を頼む」

「二十俵の加増では、いかがでしょうか」

渋ちんじゃのう。

思わず口から出そうになった虎丸だが、借財をかかえているので仕方がないのかと思い直し、柴山に言う。

「少ないが、辛抱してくれ」

「滅相もございませぬ。過分なるお引き立て、嬉しゅうございます」

「そうか。そう言ってくれるか」

「これからも、御家のため、殿のために励みます」

本物の定光ではない虎丸は、胸が痛んだ。

そんな虎丸の顔色を見ていた竹内が、柴山に言う。

「若殿は、何より家来のことをだいじに思われている。それは分かるな」

「はい」

「ではしっかり養生して、一日も早く怪我を治せ。下がってよい」

「ははあ」

柴山は虎丸に頭を下げ、廊下に出た。

寝所に戻った虎丸に、竹内が詰め寄る。

「若殿、家来の前で、先ほどのような顔を二度としてはいけませぬ」

虎丸は驚いた。

「顔に出とったか？」

竹内は芸州弁を聞き流して言う。

「忠節を誓う柴山を前に、亡き定光様の身代わりを引け目に思われたのでしょう」

「少しほどの」

「それは命とりです。我らは、あなた様をまことの殿と思うております。腹をおくくりください」

虎丸はひとつ息を吐いて気持ちを落ち着かせ、笑みを浮かべた。

「分かった。気を付ける」

そこへ、五郎兵衛が来た。

「お喜びください」

嬉しそうな五郎兵衛が、虎丸の前に正座して言う。

「若殿、さっそくお城から使者がまいられましたぞ。上様直々に、感状をくださるそうです」

虎丸より先に竹内が驚いた。

「まことか」

「はい」

公儀にとって重要な石見銀山の不正を暴いた葉月家の働きを称《たた》えた将軍綱吉《つなよし》が、登城差し止めの罰を解くよう命じ、感状を贈ることを決めたのだ。

将軍直々、と聞いた虎丸は、緊張した。

「大丈夫じゃろうか。ぼろが出やせんかのう」

竹内がじろりと睨む。

「すでに出ていますぞ」

言われて芸州弁に気付いた虎丸は、手で口を押さえた。

うろたえる虎丸に、竹内が言う。

「乗った船は沈めん。以前申されたあのお言葉は、偽りですか」

虎丸は竹内を見た。

「嘘じゃない」

「でしたら、落ち着いてください。御大老格とお会いした時のようになさればよいのです」

「御大老格と将軍とじゃ、格が違う」

「このたびは褒められに行くのですから、大丈夫。若殿ならばできます。今から、所作の稽古をはじめましょう」

「分かった」

竹内に従い、一日かけて殿中での所作の稽古をした。

そして翌朝、覚悟を決めて登城の支度をしていた虎丸であったが、いざ出かけようという時に、目付役の山根真十郎が訪ねてきた。

いつもより暗い表情の山根は、客間で膝を突き合わせた虎丸に言う。

「今日の登城は、取りやめとあいなり申した」

「そうですか」

虎丸は口では残念そうに言ったが、胸の内ではほっとしていた。稽古をしていても、将軍の前に出ることが不安でたまらなかったのだ。

竹内を見ると、不服そうな顔をしている。

山根は続けた。

「柳沢様から、お言葉を授かっている」

虎丸は居住まいを正し、言葉を待った。

「その前に、沢屋徳次郎のことだ。銀を横流しした石見銀山の役人を含め、沢屋と恵比寿屋一味の者どもに、獄門の沙汰《さた》がくだされたことをお知らせいたす」

「さようですか」

「もう一つ、だいじなことを申す。沢屋の用心棒井口源十郎とその手下は、海に流されているところを船手方に見つかり、捕らえられた」

「それはようございました」

「まだ話は終わっておらぬ。ここからが肝要ゆえ、神妙に聞け」

「はは」

「尋問をした役人が申すには、井口を倒したのは芸州虎丸であることが分かった」

虎丸は気持ちを落ち着かせて、真顔で顎を引く。

山根は、細い目をさらに細め、眼光を鋭くした。

「その芸州虎丸が、井口が追い詰めていた川賊の頭目を逃がした。そしてその頭目は、瀬戸内の海を騒がせていた鯉姫であることが濃厚になったことを受け、柳沢様は、悪事を働く商家の荷を盗む鯉姫と、これまで幾度か川賊を倒した芸州虎丸は、実は仲間ではないかと疑っておられる。よって、ただちに両名を探索し、捕らえるようにとの仰せだ」

虎丸は動揺を顔に出さぬよう、両手をついた。

「かしこまりました」

山根が顎を引く。

「しかと申し伝えた。では」

「お待ちください」

止める竹内に、山根が顔を向ける。

「なんじゃ」

「感状を賜わることが取りやめになったわけを、お聞かせください」

山根は一瞬、浮かぬ顔をした。

「聞いておらぬ。が、案ずるな。定光殿に落ち度はない」

そう言うと立ち上がり、帰っていった。

足音が遠ざかるのを待った竹内が、虎丸に膝を向ける。

「鯉姫を逃がしたというのは、まことですか」

「誤解だ。鯉姫には逃げられたのだ」

竹内は疑う顔をした。

「まさか、寝所に忍び込んで殿の玉を蹴った女盗賊が、鯉姫」

虎丸は思わず、股間を押さえた。

「ち、違う」

「その顔は、図星ですか」

このままでは外に出られなくなると思った虎丸は、否定した。

疑う眼差しを崩さぬ竹内。

虎丸は、ほんとうだと言い張った。

信じたのか信じてないのか分からないが、竹内はようやく、疑いの眼差しを下げた。

「逃げた鯉姫が悪事を働けば、芸州虎丸の名が汚されるかと」

心配する竹内に、虎丸は言う。

「鯉姫は手下を殺されたゆえ、悪さはできまい。それより上様だ。葉月家に落ち度がないのに、急な取りやめとは妙だと思わぬか」

竹内は顎を引く。

「おそらく、柳沢様の横槍でしょう」

「やはりそう思うか」

「はい」

「まあ、それはそれでよかったではないか。ぼろが出ずに命拾いしたと思えばいい」

前向きな虎丸に、竹内は薄い笑みで応じた。

笑っていられないことが起きたのは、その時だ。

山根を送っていた五郎兵衛が、焦った様子で戻った。

「若殿、御家老、高里歳三が戻ってきましたぞ。しかも、助っ人を連れております」

「助っ人とは」

真顔で訊く竹内に、五郎兵衛が答える。

「兄だそうです。なんでも、元高松藩の船手方だったらしく、歳三よりも船の扱いが優れているそうです」

いやな予感がした虎丸が訊く。

「兄の名は？」

「歳正《としまさ》だそうです」

「なんじゃと！」

立ち上がる虎丸に、竹内が顔を向ける。

「ご存じか」

「高松藩の船手方に高里ゆうもんがおるゆうて、前にゆうたじゃろう。今来とるのは、今度こそ、わしの顔を知っとるもんかもしれん」

焦る虎丸を落ち着かせた竹内は、ここに通すので、隠れて顔を確かめるよう促し応じた虎丸は、前と同じように古着をつけ、頬かむりをした下男に化けて庭に出た。

　庭石の陰に隠れて程なく、竹内が待つ客間に案内された歳三が、廊下に現れた。

　その前を歩く男は、真新しい紋付き袴《はかま》を着け、精悍《せいかん》な顔をしている。

　虎丸の後ろにいる五郎兵衛が、小声で訊く。

「若殿、いかがか」

「…………」

　何も言わぬので心配した五郎兵衛が、肩を引く。

「若殿？」

　虎丸は、真っ青な顔で振り向いた。

「間違いない。尾道の村上虎丸を知っとる男じゃ」

本書は書き下ろしです。

寝所《しんじょ》の刃光《じんこう》

身代《みが》わり若殿《わかどの》 葉月定光《はづきさだみつ》3

佐々木裕一《ささきゆういち》

平成31年 3月25日 初版発行
令和6年 11月5日 再版発行

発行者●山下直久

発行●株式会社KADOKAWA
〒102-8177 東京都千代田区富士見2-13-3
電話 0570-002-301（ナビダイヤル）

角川文庫 21520

印刷所●株式会社KADOKAWA
製本所●株式会社KADOKAWA

表紙画●和田三造

●お問い合わせ
https://www.kadokawa.co.jp/（「お問い合わせ」へお進みください）
※内容によっては、お答えできない場合があります。
※サポートは日本国内のみとさせていただきます。
※Japanese text only

ISBN 978-4-04-107792-4 C0193

◆◇◇

角川文庫発刊に際して

角川源義

第二次世界大戦の敗北は、軍事力の敗北であった以上に、私たちの若い文化力の敗退であった。私たちの文化が戦争に対して如何に無力であり、単なるあだ花に過ぎなかったかを、私たちは身を以て体験し痛感した。西洋近代文化の摂取にとって、明治以後八十年の歳月は決して短かすぎたとは言えない。にもかかわらず、近代文化の伝統を確立し、自由な批判と柔軟な良識に富む文化層として自らを形成することに私たちは失敗して来た。そしてこれは、各層への文化の普及滲透を任務とする出版人の責任でもあった。

一九四五年以来、私たちは再び振出しに戻り、第一歩から踏み出すことを余儀なくされた。これは大きな不幸ではあるが、反面、これまでの混沌・未熟・歪曲の中にあった我が国の文化に秩序と確たる基礎を齎らすためには絶好の機会でもある。角川書店は、このような祖国の文化的危機にあたり、微力をも顧みず再建の礎石たるべき抱負と決意とをもって出発したが、ここに創立以来の念願を果すべく角川文庫を発刊する。これまで刊行されたあらゆる全集叢書文庫類の長所と短所とを検討し、古今東西の不朽の典籍を、良心的編集のもとに、廉価に、そして書架にふさわしい美本として、多くのひとびとに提供しようとする。しかし私たちは徒らに百科全書的な知識のジレッタントを作ることを目的とせず、あくまで祖国の文化に秩序と再建への道を示し、この文庫を角川書店の栄ある事業として、今後永久に継続発展せしめ、学芸と教養との殿堂として大成せんことを期したい。多くの読書子の愛情ある忠言と支持とによって、この希望と抱負とを完遂せしめられんことを願う。

一九四九年五月三日

角川文庫ベストセラー

もののけ侍伝々
京嵐寺平太郎　佐々木裕一

江戸で相次ぐ怪事件。広島藩の京嵐寺平太郎は、幕府の命を受け解決に乗り出す羽目に。だが事件の裏には、幕府に怨念を抱く僧の影が……三つ目入道ら仲間の妖怪と立ち向かう、妖怪痛快時代小説、第1弾！

刃鉄《はがね》の人　辻堂　魁

刀鍛冶の国包は、家宝の刀・来国頼に見惚れ、天稟の素質と言われた武芸の道をも捨てて刀鍛冶の修業にのめり込んだ。ある日、本家・友成家のご隠居に呼ばれ、ある父子の成敗を依頼され……書き下ろし時代長編。

江戸の御庭番　藤井邦夫

江戸の隠密仕事専任の御庭番、倉沢家に婿入りした喬四郎。将軍吉宗から直々に極悪盗賊の始末を命じられ、探ると背後に潜む者の影が。息を呑む展開とアクション。時代劇の醍醐味満載の痛快忍者活劇！

はなの味ごよみ　高田在子

鎌倉で畑の手伝いをして暮らす「はな」。器量よしで働きものの彼女の元に、良太と名乗る男が転がり込んできた。なんでも旅で追い剝ぎにあったらしい。だが良太はある日、忽然と姿を消してしまう――。

表御番医師診療禄1
切開　上田秀人

表御番医師として江戸城下で診療を務める矢切良衛。ある日、大老堀田筑前守正俊が若年寄に殺傷される事件が起こり、不審を抱いた良衛は、大目付の松平対馬守と共に解決に乗り出すが……。